눈 한번 감았다 뜰까

눈 한번
감았다 뜰까

시인수첩 시인선 021

조항록 시집

◍◍ 문학수첩

마음의 저수지에 정체불명이 산다.

밤낮 물에 젖어 눈빛을 반짝인다.

견딘다, 라는 말의 아름다움에 대해.

2019년 아무것도 아닌 날

조항록

| 차 례 |

# 2부

# 3부

1부

# 그믐

아프다며 울지 마라. 길고양이가 갸르릉거린다. 너의 고백은 신파 같아 이 밤이 주술적으로 깊어간다. 어쩌면 세상의 모든 음악은 가사를 잃어버려야 마땅할 것이다. 아름답게 말문이 막히지 못하는 나의 시는 좀 더 가쁘게 숨이 차올라야 한다. 진실은 아무도 없어 외로운 행간에 감추어져 있다던가. 앞과 뒤, 왼편과 오른편으로 나눌 수 없는 언어가 천상의 질서일지 모른다. 마침내 텅 빈 그곳에 다다르기 위해 너와 나는 자꾸 어둠이 번진다. 더 이상 이유를 말하지 마라. 그래서 어느 것이 어느 것을 이해한들 밤은 좀처럼 검푸른 적막을 씻어내지 못한다. 어디서 달빛이 시름에 야윈다.

# 다시, 생일

고통의 시간은 너를 잊지 않았으나
오늘은 나뭇잎만 흔들린다
바람 불면 다 아득한 옛날

누가 낮은 노래를 좀 불러주면 좋을 것이다
아직 여린 너의 목덜미에서 피어나는 채송화는 수줍어
수수깡 같은 너의 손목을 잡고 길을 걸을 적마다
하늘은 더 내어줄 것이 없다

이대로 달라지지 않는 삶을, 어떡할 것이냐

목어(木魚)는 천 년이 지나도 강물에 환생하지 못한다
지금 지나간 별빛은 두 번 다시 온기를 되살리지 못한다

적막하구나, 다시 시월(十月)이 오고
다시 그물로도 가둘 수 없는 그림자, 고요

누가 낮은 노래를 좀 불러주면 좋을 것이다

흔들리는 나뭇잎도 맹세를 하던 한때가 있었다
어떤 다짐이 우두커니 창밖을 내다보며
울음을 견디기도 했다


그러니 오늘의 선물은 허공, 너의 어깨
그 비탈에 제법 많은 빈방이 흐린 불빛을 켠다
너무 늦은 시간이 아니라면 평화가 잠시 다녀갈 수 있다

# 자코메티 풍(風)


괜히 소란이 한창이다 우울은 실컷 먹어도 살이 되지 않았고 슬픔이 관절을 만들었다 드라이플라워가 되어버린 혓바닥은 종소리를 내지 못한다

비만한 광장에서 충분히 상처받은 이여, 여러 개의 정거장을 지날 적마다 숙면을 괴롭히는 눈보라, 눈보라, 휘몰아치는 차가운 얼굴들

자정(子正)을 지나며, 자정의 시곗바늘 같은 지성으로, 불가지전서(不可知全書) 13장 3절을 읽는다 그리움을 다 깎아내면 네가 남으리니 희망을 다 덜어내면 삶이 남으리니

가느다란 몽상이 예민하게 우주를 긋는다

# 서향

　서향이 키우는 식물들은 여간해서 목이 마르지 않다 반 박자 느리게 반 걸음 못 미치게 반 모금 덜 취하며 서향의 언어는 정숙하다 과거를 서성이지 말라는 충고를 들었으나 서향의 불면은 간단히 뒤를 돌아다본다

　오후의 햇살은 비치는 것이 아니라 적시는 것

　서향이 어서 와, 라며 반기지 않는다 잘 가, 라고 인사하지 않는다 투명한 얼굴빛으로 물끄러미 서향은 멈출 수 없는 것들을 바라본다 서향의 경사가 조금 더 기울어진다

　다시 엽서를 띄워볼까요?

　생면부지의 문이 열리네
　금방 달빛이 참 곱네

# 옛 노래

진작 잊은 줄 알았는데
입에서 맴도는 멜로디
내가 그 노래를 처음 들은 게
언제였더라?

열아홉 살의 지하 음악다방에서는
바깥의 햇살을 몰랐지
한순간 세상에 꽃들이 만발할 줄이야
사뿐히 한참 낙엽이 쌓여
세상의 길들을 쓸쓸히 용서할 줄이야

네가 떠나고 벌써
여러 번의 계절이 이승의 굳은살을 도려냈는데
나는 그 노래를 잊지 못했던 것이네
차마 잊지 못해서 하늘과 땅 사이
그 노래의 악보로 밥을 먹고 꿈을 꾸었네

나도 모르게 우물거리는 어딘가의 악기들

눈물의 현(絃)으로 연주하던 너의 움퍽한 이야기

까맣게 잊은 줄 알았던 그리움이
툭하면 나의 가슴 깊숙이 머리를 처박네
현기증이 나도록 마음을 여닫네

은근슬쩍 맨발을 들이미는 그 노래
나에게 네가
누구였더라?

# 동굴의 미움

이 노릇을 어떡하지
불타버린 물처럼 물에 잠긴 불처럼
목숨을 거는 사랑이 있다면
오로지 너를 향한 미움도 있어
이토록 춥고 음습한 동굴에 등 돌리고 앉아
나는 너를 죽도록 미워하지
목이 부러질 것같이 그리웠던 날들 지나고
나는 너를 새까맣게 외면하려 하지

무슨 일이 있었나
동굴 밖의 소문은 흉흉하고
나뭇가지에 거꾸로 매달린 나뭇잎들
오도독오도독 소름을 돋우지
멀리서 벼락이 칠 때마다
동굴 속 어둠의 신경이 곤두서고
며칠째 아무것도 먹지 못한 박쥐들은 낯빛이 창백하지
그렇게 사랑의 맹목은 완벽히 저물었지

사랑이 져버린 자리에서 펑펑 쏘아올리는
미움의 불꽃놀이
애당초 동굴에 사랑 따위 무슨 우상이 있었나
내가 믿은 것이 나를 버리는 것
어둠도 축축한 동굴에 등 돌리고 앉아
너를 죽도록 미워하다가 마음이 더 미워지지
열 시간이고 스무 날이고 쉼 없이 달려가는 소실점
미움이 아프지

# 수수방관

가만히 팔짱을 끼고 바라보아야 꽃은 핀다. 어디서 저녁이 오고 겨울이 오는지, 희미한 너의 발자국 소리도 보인다. 가만히 팔짱을 낀 채 두 눈을 비우면, 아무것 간섭하지 않고 아무것 거들지 않으면, 귀는 이백 미터 밖에서 낙엽 밟는 소리를 알아채는 산양처럼 예민해져 너의 몸짓을 듣는다. 굳이 갖지 않아도 괜찮을 세상의 모든 소소한 것들, 이른 아침부터 잠이 들 때까지 자글거리는 소란들, 수수방관의 경지로 알게 되는 것들. 어릴 적 놀던 골목에는 깨진 병조각을 꽂아둔 담벼락이 날 저물도록 아이들을 지켜보았다. 방관자처럼. 마치 사람의 앞날쯤 뻔히 안다는 듯 가만히 게으름을 피웠다.

# 블라디보스토크에 가자

꿈에서라도 블라디보스토크에 가자. 자기 귀에 대고
속삭이는 청유형의 문장은 어색해도 그곳이 나의 망명
지. 무한의 추위가 사라진 서울에서 언 땅을 일구며 살
아가는 근성은 아득히 지나간 이야기가 되었고, 습관이
되어버린 정오의 식사는 완전한 허기를 깨닫지 못한다.
환하게 빈 것을 가로질러 혁명에 다다르는 삶을 놓은 지
아주 오래, 오래. 한번 떠나면 돌아오지 않는, 한번 빠져
들면 영 헤어나오지 못하는 전설의 부동항으로 가자. 시
베리아 횡단 열차에 실려 오는 맹추위가 격렬하게 뺨을
어루만져주리라. 며칠씩 눈이 내려 풍경을 지우기도 하
는 순수의 환생지. 나는 어금니를 꾹 다물어 그 땅의 주
민이 되리라. 종종 라라의 테마를 들으며, 미련의 창문
을 덮은 성에를 벗겨내며, 자작나무 땔감으로 가슴에 붉
은 온기를 지피며. 밤에는 별이 흐드러진 블라디보스토
크에서 함께 오지 못한 누구를 잊자.

# 우울을 보다

　녹슨 철계단을 밟고 옥상에 오른다 일행을 놓친 듯 까만 새 한 마리 이리저리 뒤척이며 낯선 길을 헤맨다 방죽에 단단히 발이 묶인 폐비닐은 바람이 불어댈 적마다 꺼이꺼이 너의 이름을 부른다 자음이 떨어져나간 간판과 모음이 사라진 간판 중 어느 것이 더 오해를 불러일으킬까 가난한 내력마다 묵은 때가 내려앉았다 루핑을 얹은 지붕 아래에는 말 없는 청춘이 겨우 제 몸의 온기를 안고 누워 있을 것이다 벽돌을 싣고 질주하는 트럭의 꽁무니를 쫓아 번번이 먹구름 같은 흙먼지가 헛소문을 퍼뜨린다 앞이 흐리고 한결같지 못한 것이 사람의 일이다 이십일 세기 이전과 이후로 사랑의 방식조차 적잖이 달라졌다 등을 돌린 채 곁불 쬐는 잡부처럼 좁은 길가에 뿌리내린 잡풀들은 왜 질문을 잃었을까 중심에서 벗어난 것들은 울지 않는다 모두 잘도 태어나 애써 가꾸지 않아도 저절로 살아가는 내밀한 풍경이다 뉘엿뉘엿 해가 진다

# 스툴*

　시야에 안개가 끼고 다리는 갈대처럼 흔들린다. 백기
(白旗)를 목에 두르고 나에게 손짓하는 자 누구인가? 피
의 맛과 땀의 맛이 입안에 고인다. 미각으로 느끼는 야
릇한 혼돈이 머릿속에 피안(彼岸)의 무늬를 그린다. 오래
단련한 근육은 수수깡같이 허무하고, 여차하면 숨이 까
맣게 막히는 지옥이 있다. 누가 나에게 박수와 야유로
가학적 희망을 논하는가? 납덩이를 동여맨 발목이 흐느
낀다. 전 생애를 비틀거려 주저앉는 외딴 섬. 헐떡이는
심장을 가까스로 올려놓는 자그만 섬. 저기, 남은 라운
드가 적적하다.

* 권투 경기 중 휴식 시간에 선수가 앉는 등받이 없는 작은 의자.

# 노인이라는 잠언

　노인이 바퀴 달린 의자를 밀며 간다 어디서든 쉴 수 있는 나이가 되었다 등이 굽고 손가락이 굽고 오후의 햇살이 다 구부러지면 시나브로 숲에 다다르리라

　저녁은 향기로운 흙냄새에 물들며 얌전한 맥박같이 이어진 오솔길에는 이미 인적이 끊겼다 나뭇잎을 두드려보아도 문이 열리지 않는다 산새들은 다친 날개를 접어 둥지에 들고 별빛은 심연으로 잠기고

　노인은 알고 노인이 아닌 사람들은 모르는 척하는 것 슬픔도 혼자 즐거움도 혼자 너는 나를 모른다는 것

# 생선이라는 잠언

미끄러운 비늘 안에 부드러운 살이 있고 그 안에 가시가 들었네 물고기 한 마리가 전 생애를 은유하네

애면글면 바닷속을 헤엄쳐도 빗살 하나 흔적은 남지 않네 물고기 살다 가는 물속에 가지려 해도 가질 수 있는 것이 없네

홑이불 같은 파도 들썩이며 그토록 지느러미가 앓았던 날들이 출렁이네 거의 다 지워진 문장으로 아가미가 닫혔네

# 당신의 발

이제 그만 먼지 뽀얀 구두에서 발을 꺼내세요 두 발이 서로를 감싸게 해 구원의 골방에서 기도를 올리세요 그 발로 여기까지 걸어왔다고, 발뒤꿈치로 숨을 쉬며 부어오른 발등을 핥으며 여기까지 견뎌냈다고, 역류하는 슬픔을 꾹꾹 누르며 사소했다고

당신의 발은 다른 발을 맞잡은 적이 없어요 오로지 제 힘으로 굳은살을 만들며, 애증의 고린내를 피우며, 티눈 같은 고집을 은밀히 키워왔어요 사시사철 노역에 한 모금의 미지근한 물로 갈증을 달래며 말이에요 고단한 발톱에 멍이 들기도 했고, 자주 가시가 박혔고

당신의 두 손으로 당신의 두 발을 주물러주세요 두 손의 수화로 간신히, 마음의 잔해를 위로해주어요 주저앉아, 한없이

# 이심전심

사바나에서 풀을 뜯는 가젤의 상처에 대해 알아? 사자의 발톱이 박히기 전부터 고통을 예감하는 상처, 예감의 고통이 지배하는 아주 안쪽의 상처.

눈에 보이는 몸통보다 몇 배 더 커다란 보이지 않는 삶의 무게에 대해 생각해봤어? 벌써 이십 세기가 언제 적 일인데 비도 내리지 않는 초원을 벗어나지 못한 채 풀뿌리나 핥고 있는 초식동물. 두려움이야말로 나약한 자의 운명이랄까, 더 사나워지지 못하는 나는 가젤이 참 애처로운 것이니? 투명한 올가미에 발이 묶여 아주 멀리 떠나지 못하는 겁쟁이가 남의 일 같지 않은 것이니?

여린 모가지로 아등바등 살아내려는 벼랑의 의지. 굵은 사자 이빨의 환영이 숨통을 찢고 사바나의 열기가 상처를 지지면 나는 처연히 가젤의 슬픈 눈동자를 바라보지. 밖으로는 멀쩡해 보이는 지독한 상처로 나를 연민하지.

# 입춘

밤새 비 내려 유리창이 푸르다
계절은 사람보다 다채로운 음계를 밟고 달라진다

봄이 온다,
도돌이표 많은 악보를 들고 왔던 너처럼

나는 봄의 거울에 얼굴을 비추어
여태 들러붙은 서리를 닦아낸다

처마가 사라진 마을에서
지난날은 밤새워 고스란히 젖었겠지
가로등도 젖어 길마다 발간 불빛이 흥건했겠지

너의 음악은 아름다웠지만
나는 가볍지 못했다
추위는 지루했고
먹물을 쏟듯 한꺼번에 밤이 찾아오고는 했다

그래서 겨울이었을 것이다
나는 차가운 바람벽에서 바싹 말라붙은 안개꽃을
오랫동안 내다버리지 못한 채 겨울을 지났다


봄은 온다,
깊은 숨을 불어넣는 악기를 좋아하던 너의 기척처럼


수평(水平)의 봄이
동정(童貞)의 봄이
보일락 말락 겨드랑이 간지러운 봄이 온다


경적을 울리지 않고 간밤에 비가 내렸다

# 응달의 기술

　응달에 말리세요, 라는 글귀에 눈이 간다. 어릴 적 찰흙을 빚었을 때 응달에서 말리렴, 하고 선생님이 가르쳤다. 살그머니, 있는 듯 없는 듯, 산들산들 바람 통하는 곳에 머물러야 몸이 상하지 않는다는 말씀이다. 직사광선을 피해야 가문 땅바닥같이 영혼이 쩍쩍 갈라지지 않는다는 충고이다. 사진 촬영을 하면서도 태양에 맞서지 말아야 하는 것이 상식, 역광이 지키고 싶은 현실을 하얗게 태워버릴지 모르기 때문이다. 모름지기 일상에 젖은 구두는 응달에서 말려야 하고 시래기를 만들 적에도 무청을 응달에 걸어두어야 녹색을 듬뿍 유지해 입맛을 당기는 법이다. 은은히, 뭉근하게, 들릴 듯 말 듯, 어슴푸레한 것이 응달의 기술. 뭐, 일부러 직사광선에 미래를 널어놓거나 역광으로 인생을 찍어내는 것이 일종의 취향일 수 있겠지만.

# 심야의 예배당

내 사춘기의 심야 라디오는 행복한 불협화음이었네.
낮과 다른 밤, 멀리 있는 따뜻한 손길, 타인의 목소리가
평화를 들려주던 경이. 배경만으로 일생이 저물어도 좋
았네.

침묵의 사이렌이 몇 번 울리고 심야 라디오의 시대는
가버렸네. 음악이 없는 여백, 이제 밤은 심야의 예배당.
홀로 허정거리며 옛집을 찾다 눈에 보이지 않아도 곁에
있는 이름을 부르네. 너를 부르다 하나님을 부르다, 나의
뒷모습을 내가 바라보네.

# 유신론자

   밀가루를 주물러 빵을 만든다. 발효의 시간이 있다. 침묵하는 사이, 무관심의 사이, 일상의 기포에 십자가가 세워지고 소멸이 부풀어오른다. 그게 다, 괴로움을 알아 순한 양이 되어가는 변화이다. 천상의 노동이 주무르는 대로 몸을 바꾸는 순응, 노릇하게 영혼을 굽는 몸의 한때. 신성한 음악이 고요를 감싸듯 따스한 빵 냄새 연옥의 웅덩이를 채운다. 흰 우유 한 잔을 더하면 소박한 기적이다.

# 부럼

 껍데기가 내용을 정의한다. 자본주의가 가난을, 제스
처가 서정(抒情)을, 시집이 시를!

 껍데기를 까서 알맹이만 잘도 **빼** 먹는 다람쥐는 쳇바
퀴에 산다. 찍소리 없이 쳇바퀴를 돌리며 헛일을 우물거
린다. 아, 영광은 껍데기의 몫이어라. 다람쥐의 등에 날
개는 달리지 않을 것이다.

 붉음이 열매를, 사교(社交)가 인격을, 냄새가 식욕을!
껍데기가 내용의 손목을 잡아채며 입을 막는다. "안간힘
써봐야 소용없어. 너의 절규는 들리지 않아. 조금 달라
진들 변하는 것은 아니야."

 겉이 속을 협박한다는 말인데, **뼈**와 내장을 감춘 살은
겸손을 모른다. 안으로 골병이 들며 환락을 쫓는다. 일
몰이 하루를, 미물이 우주를, 어제의 내가 지금의 나를!

 호두껍데기를 깨는 일이 만만하지 않다.

# 비교적

    비교적 푸르른 날에 비교적 사랑스런 당신과 비교적 맛이 괜찮은 도시락을 들고 소풍을 가네요 비교적 듣기 좋은 음악을 틀어놓고 비교적 편안한 자세로 누워 비교적 현실과 작별한 눈으로 하늘을 올려다보지요 그리운 사람들이 머물고 있다는 그곳 천국에서 비교적 평온을 얻고 계신지요 비교적 하나님 같은 미풍이 불고 비교적 천천히 오후가 오고 비교적 넉넉한 표정으로 우리는 자리에서 일어나네요 비교적 지겹고 비교적 허망하고 비교적 대답을 잃어버릴 때 다시 소풍을 나오기로 해요 우리는 비교적 다정한 연인인가요 우리의 지금은 비교적 아름다운가요 비교적 별 탈 없이 보내는 하루라서 비교적 행복하군요

# 첩첩

첩첩, 말하자면 물 다음에 물이 있어 홍수가 지고 눈 다음에 눈이 있어 폭설이란 것이다 첩첩, 망설임 다음에 망설임이 있고 상실 다음에 상실이 있고 당신 다음에 당신이 있어 하염없이 무중력이란 것이다 첩첩, 밤에는 행방을 놓치겠고 첩첩, 산중에서는 방향을 잃겠고 첩첩, 무더위에는 몽롱히 눈사람이나 만들겠고 첩첩, 구상(具象) 다음에는 구상이 있어 보나 마나 시시하고 첩첩, 비구상(非具象) 다음에는 비구상이 있어 알다가도 모르겠고 자세히 들여다보면 죄 다음에 죄, 백치 다음에 백치, 시치미 다음에 시치미 첩첩, 나의 내용 다음에는 순전히 나의 내용이 있어 하릴없이 사적(私的)이란 것이다

# 잠깐의 가을

한 소절 두 소절 남은 가을이 진다 한 곡조 다 부르면 수은(水銀)을 삼킨 겨울이다 어쩌면 간이역 같은 십일월이 가기 전에 십이월이 들이닥칠는지

외로움을 저미는 것은 북녘의 혹한보다 소슬바람 종일 커튼이 내려진 창문 안쪽에 후생(後生)이 산다 잎사귀를 털어낼수록 무거워지는 나뭇가지의 허밍

심금(心琴)을 뜯으며 바닥이 쌓인다 행인들이 바닥을 밟으며 흐린 날씨를 포갠다 바닥에 이르러서야 귀 기울이는 소식들 가련하여 내어주는 한 줌의 어깨

왼쪽으로 서너 뼘을 더 재면 불현듯 벼랑이다 찬 없는 밥상에서 혼자 식사를 마친 남자의 뒷모습이 바스락거리고 지상에 뒹구는 것들 여간 성(聖)스럽지 않다

# 강박

그게 다 강박 때문이었다는 것이다. 당신의 손을 잡지 못했던 것, 결국 고개를 가로저었던 것, 한 번에 한 가지씩만 마음을 열었던 것. 기억에는 넘치도록 포르말린을 부어두었고 환멸에는 모르핀을 투여했던 것. 굴욕과 만나 악수한 날에는 몇 번씩이나 비누칠을 하기도 했다. 일부 때문에 전부를 포기한 것은 매우 자연스러웠다. 덜 컹거릴 줄 알면서 완행에 올랐던 것, 반쯤 적은 편지를 구겨버렸던 것, 잠이 깊지 않아 새벽을 깨웠던 것.

그리고 왼손으로 시를 쓰는 것, 오른손으로 돈을 세는 것, 몰래 삼백여섯 개째 밀실을 만드는 것. 밉고 싫고 지겨워 발버둥치는데 사로잡히는 것.

# 몰입

몽당연필을 모아 너를 그린다 나무토막을 모아 네가 누울 침대를 짠다 잔돈을 모아 너에게 줄 선물을 산다 일 초를 모아 너를 생각한다 일 센티를 모아 너를 감싸 안는다 핀침을 모아 너를 표본한다 골목길을 모아 너에게로 간다 망설임을 모아 너를 설렌다 기척을 모아 네가 온다 음표를 모아 너의 목소리를 담는다 이슬을 모아 너를 덥힐 차를 끓인다 하나를 모아 너를 채운다 희미한 것을 모아 너를 밝힌다 한순간을 모아 너는 가득하다

# 꽃놀이

새삼 꽃이 각별한 까닭은 네가 더는 꽃이 아니기 때문
이야 그걸 모르고 꽃 옆에서 활짝 웃는 까닭은 네가 더
이상 환하지 않기 때문이야

이젠 천천히 상심(傷心)하기로 해 속상한 일들이 쌓이
면 세월의 실밥이 터져 나비처럼 나풀거릴 수도 있겠지
꽃을 동경하다 영원의 방랑자가 되어도 좋아 또 한 번의
실연이 그간 어울리지 않았던 들판의 비린내를 다 구겨
버려도 좋아

살며시 꽃의 볼을 어루만지는 너 귀밑머리 희끗한 너
의 볼은 실바람이 안부를 묻지

느리게 느리게 뼈아프기로 해 사무치는 햇살의 조각들
이 꽃의 줄기를 세운다고 믿는 까닭은 네가 어느새 젊지
않기 때문이야 사나흘 비 내려 꽃잎이 옛날이 되어도 슬
퍼하지 마

# 대체로 흐린 날

온음들 사이에 반음이 있다
연주의 묘미가 그쯤이다
절반만 울고 절반만 웃으며
기우뚱하게 건너편을 자백한다
어느 때는 신비의 건반을 두드리며
풀리지 않는 난청을 다독인다
손끝의 기술이
달콤한 점음표들을 귓속에 담기도 한다
당신이 불다 금세 멎고 다시 불고
천국을 떠올리다 금방 잊고 다시 생각하고
쉼표가 만 개쯤 든 책이 있다면
반음만으로 전 곡을 완성할지 모를 연주회가 열린다
샤프(#)에 부풀다가 플랫(♭)에 잦아들다가
저녁의 뒷무릎이 한참 동안 퍼지지 않는다

# 윤회

   물이 돌고 돈다 열아홉 살 풋내 나는 깡패가 피를 닦아낸 물이 하수도를 지나 강물에 섞였다가 수도원에 들어가 말간 접시 같은 수녀의 두 손에 고인다 태초부터 죄와 참회가 멀지 않았다 마라토너가 숨 가쁘게 언덕길을 달려 내려와 들이켜는 물에는 가을의 흙냄새가 배어 있다 하늘의 빗물이 땅에 스미고 냇물이 되었다가 한 사람의 타는 갈증을 달래주기도 하는 것이다 강물을 지나 바다로 나아간 물은 물고기 살이 되어 어느 낯선 나라의 식탁에 오른다 알프스의 만년설이 아주 조금씩 녹아 바위 밑으로 잠겼다가 몇백 년이 지난 후 기시감을 느끼기도 한다 네가 쏟아낸 것을 돌고 돌아 내가 담고 내가 버린 것을 돌고 돌아 네가 간직한다

# 매일

　매일 오후 4시부터 6시까지 격려를 바라지 않는 나의
주파수가 멜랑콜리에 고정된다 달콤한 음악을 한 모금
씩 음미하며 듣는 디제이의 속삭임은 거짓말에 가깝다
노선을 이탈하지 못하는 시내버스처럼 규칙적인 습관은
슬픔을 낭송하기도 한다

　오후 4시부터 6시 이후에 하루는 과자 부스러기로 남
는다 나의 주파수가 잡음에 흔들리고 저물어 돌아서는
것들에게 좀 더 머물러달라 보채봤자 부질없는 짓이다
디제이는 내일 다시 찾아오겠다는 약속을 하지 않는 편
이 나았다

# 사랑결핍증

마이크 타이슨은 거침없는 권투 선수였다. 주먹을 날리는 것으로 분이 풀리지 않으면 귀를 물어뜯기도 하는 맹수였다. 사각의 링에서 포효하던 파란만장의 날들이 지나고, 그는 한 인터뷰에서 굵은 눈물방울로 유행가 같은 시를 썼다.

"아무도 나를 사랑하지 않았으며, 나도 이제 아무도 사랑하지 않는다."

그날 이후 마이크 타이슨은 공식석상에서 몇 번 더 눈물을 보였다. 나는 그가 혼자 있을 때도 충분히 울 수 있는 남자라고 생각했다. 핵주먹이라고 찬사받든 핵이빨이라고 조롱받든, 사랑결핍증에 걸렸다는 그는 내가 아는 한 세계 최고의 헤비급 챔피언이었다.

# 미꾸라지를 위한 변명

시장 모퉁이에서 플라스틱 대야에 담긴 미꾸라지 한 무더기를 본다 미련이 남아 거품을 물면서 미끌거리는 것이다 마구 뒤엉켜 처절하다고 손가락질하지 마라 나는 절대로 그렇게 살지 않을 거야, 라고 말하는 자들을 믿지 않았다 내 뜻대로 살지 못하느니 차라리 혀 깨물고 죽어버리지, 하며 큰소리친 족속들이 치욕과 비굴을 만들어 왔다 한 무더기의 미꾸라지를 모독하지 마라 서로 끌어안지도 못하고 미끌거리는 것이 유구한 인류의 발자취 숱한 날들 진흙 속에 머리를 파묻으며 진저리를 쳤다 불운의 손아귀에 걸려들지 않으려고 온몸을 몸부림쳤다 그렇게라도 한없이 낮아져 이만큼 잊히지 않았다 흥정으로 법석이는 시장을 나서려는데 미꾸라지 한 마리 하얀 배를 드러내고 울먹인다 간혹 미물이 사람 같을 때가 있다

# 뭐가 들었을까

　행인들이 들고 다니는 여분의 거죽 같은 저 가방 안에 뭐가 들었을까? 예언을 불신하는 우산과 생활의 분비물을 닦아낼 휴지, 감동이 사라진 채 시간을 잡아먹는 한 권의 책, 여태 끊지 못한 담배와 내면의 입술에 바를 립스틱이 있겠지, 그리고 어느 행인이 만약 목적지를 잃고 걷는다면 슬픔의 목록이 들어 있기도 할 거야, 말이 되지 못한 고백의 수첩을 깊숙이 넣어두었을 수도 있어, 지퍼를 여는 순간 한 사람의 불안을 보게 되겠지, 가방 속에는 수배자의 소지품이 들어 있는 셈이야, 가방은 계급이 될 수 없어, 가방은 포즈가 될 수 없어, 다른 사람이 건드리면 가방은 성마른 개처럼 으르렁대겠지, 그건 남의 밀실을 기웃거리지 말라는 경고! 누구는 한때 밀실의 힘으로 살아가기도 한다지.

# 돗자리 깔고 누워

내가 가진 것들을 꺼내놓아 볼까?
예측 가능한 것,
지겨운 것,
아무것도 아닌 것,
그냥 그렇게 보이는 것,

나의 호주머니에는 빈손만 들어 있지 않아
상처를 주고 바꾼 것,
절망을 팔아 사들인 것,
좁쌀만한 기쁨을 차곡차곡 모아 정말 어렵게 마련한 것,

나는 일하지 않고도 재산을 불리는 재주가 있어
몇 날 며칠 찾아오는 이 없이 한적한 것,
무심결에 흘려 텅 비어버린 것,
도저히 당해내지 못하는 것,

나의 금고에는 자존심만 들어 있지 않아
우울을 투자해 거둬들인 것,

핑계를 건네어 부풀린 것,
울며불며 매달려 겨우 얻어낸 것,
그저 행운이었다고 인정할 수밖에 없는 것,

봄바람 살살 부는 날 돗자리 깔고 누워
춤추는 느티나무 이파리들 올려다보다가
이렇게 게으른 내가 참 부자구나 싶어 한가롭다가
내가 나를 어처구니없이 기특해하다가

2부

# 시간주(時間走)[*]

　멈추지 않는 발목이 경전을 왼다. 나를 부축하는 나의
독백. 결승선 따위를 생각하며 달리고 싶지 않았다. 얼
마나 빨리 당신에게 닿는가보다 당신과 함께 얼마나 먼
길을 가느냐가 본질적이다.

　결승선을 치워라, 나는 달린다. 누가 누구의 목마름을
이해하는가, 다만 나는 달린다. 하지와 동지를 엇갈리며
계속 달린다. 이 시간이 다 지난 후 나는 어디에 있을 것
인가. 땀 젖은 몸에 담요를 덮어줄 이유는 없다.

　처음 가는 오래된 길. 애드벌룬처럼 부풀어오른 물집
이 달린다. 바늘에 실을 꿰어 남루한 고독을 빼내며, 때
로는 바늘로 허벅지를 찔러 검붉은 모멸을 닦아내며. 내
가 멈춰야 하는 곳에서 경기는 끝난다.

[*] 일정한 거리를 달리는 거리주와 달리, 일정한 시간 안에 얼마큼 멀리 가나 겨
루는 울트라마라톤 경기 방식.

# 휘파람을 분다

휘파람을 분다. 끝내 하지 않아야 할 말이 하고 싶어질 때, 결국 해야 할 말이 하고 싶지 않을 때. 휘파람을 불어 휘파람을 불어 공중을 띄운다. 하늘과 땅 사이, 천지간에 아무것도 없는 그것. 눈동자 없는 푸른 눈이 휘파람을 분다. 목울대 없는 발그스름한 목으로 휘파람을 분다. 한때 설레었지만 아무 곡절이 그립지 않을 때, 굳이 하고 싶은 일도 하고 싶지 않은 일도 하나 없을 때. 서사적(敍事的) 새벽길을 나설 때, 미완성의 평화가 배경일 때.

# 정물화

붉은 사과는 껍질 속에서 어떤 색깔로 달그락거릴까 내가 보지 못하는 껍질 속에서 파란 꿈을 꿀까 노란 사랑을 나눌까 하얀 배반을 모의할까 아마 달그락거리는 것이 아니라면 순진한 손짓으로 누구를 기다리기만 할지도 모르고

붉은 사과의 껍질 속은 일찍이 행복의 갈변을 예감하지 않을까 칼날에 베일 것을 염려하는 검은 예언이 들지 않았을까 햇볕이 단물을 만들고 햇볕에 반짝이는 윤기가 위로가 되어도 붉은 사과의 소망은 어쩌면 저 너머의 붉지 않은 것

붉은 사과를 붉게 그리는 지상의 인정(人情)은 이해해 붉은 사과를 붉게 고백하는 현실의 작법(作法)은 모두의 일이지 그럼에도

# 이역(異域)


이역에 가고 싶어요


나를 타인으로 읽는 외국어를 배워
이별국(離別國)에 가고 싶어요
황금을 뒤꼍으로 번역하는 외국어를 배워
무심국(無心國)에 가고 싶어요
서반아든 노서아든 화란이든 파란이든
여기 아닌 곳 어디든 좋아요


너를 바람으로 해석하는 외국어를 배워
풍화국(風化國)에 가고 싶어요
고백을 몸살로 이해하는 외국어를 배워
환영국(幻影國)에 가고 싶어요
시름을 가뭄으로 속력을 불임으로 알아채는 외국어를 배워
그 먼 율도국에 가고 싶어요
율도국(栗島國)이든 율도국(聿島國)이든 구별하지 않아요


나의 문법은 오래 낡았으므로

관습과 후회가 나의 현재를 버리지 않았으므로

이역에 가고 싶어요

가다가 고꾸라지면 '일어나!'라는 고함을 외국어로 듣
고 싶어요
'괜찮아!'라는 속삭임을 외국어로 건네고 싶어요
한 번도 버리지 못한 것을 전부 버리면
그 먼 나라에 닿을는지요
낯설게 발음하는 고백서 한 장 소소히 펼칠는지요

# 산문(山門)

　구만리장천을 향한 하소연에 아침 안개 흐드러진다 삭
풍이 잠잠해지면 파문(波紋)이 인 자리마다 꽃으로 아물
것이다 잠깐 어여쁘다가 시들어버리는 봄볕

　해가 들지 않는 허방에 이슬이 괸다 여기 살아 목마른
생명들 설렘 없는 허방에 주둥이를 들이민다 매혹이 아
니더라도 마음을 내어줄 수 있다 삶의 밑천이란 것이 마
른 잎사귀처럼 바스러진다 내가 더럽혀질수록 부끄러움
이 우거진다

# 구운몽

　무채색의 새 떼가 날아다니는 곳에서 이번 생을 유목한다 몇 명의 착한 여인들과 애틋한 욕망이 혜성처럼 스쳐 지난다 이게 뭐라고, 나는 쓸쓸하기도 하다 막 섭섭하고 화가 나서 느지막이 비밀을 닫아건다 그러거나 말거나 무엇이 놀랍겠는가 나의 몽유도원도에 결백한 꽃들은 피어나지 않는다 고고한 학의 날개에는 치욕이 잔뜩 묻어 있다 어쩔 수 없는 일이 미안하기도 하다 찰라! 번개가 치고

　한숨 잘 자고 일어나면 사방이 폐사지다 달빛은 축축하고 인연이었을 구름들이 방향 모르게 흘러 다닌다 경계를 넘는 순식간, 눈 한번 감았다 뜰까

　우르르 쾅쾅! 선계(仙界)의 멜로 한 편을 자막 없이 본다

# 공놀이

열여섯 살 아이가 기특하고 애처롭게, 홀로 자기 생의 관절을 구부릴 줄 안다. 공손한 어른처럼 무릎을 접더니 어떤 꿈으로 팽팽히 부푼 공을 힘껏 차올린다.

그렇게 우주적 관점의 찰나는 완성된다. 공은 무릇 허공에 떠 있을 때 아름다운 것이기도 하고, 가만보면 정점(頂點)이 있는 것 같기도 하고, 포물선 어느 지점에서든 그만한 희로애락을 이야기하는 것이기도 하고. 실은 그 사이 일백 년이 흐르는 것은 아닐까 이따금 따분해지기도 하지만, 순식간에 바닥을 위안 삼아 몇 번 튀어오른 공이 어느덧 저만치 노인의 걸음으로 멀어지며 혼잣말을 중얼거린다.

백일몽일까, 친구들 없는 빈 운동장에 흙먼지 잠깐 희미해진다.

# 부고를 받다

어느 날 어머니가 지워졌다. 육십 평생 갱지에 일대기를 적던 그녀가 지우개로 박박 문지른 듯 깨끗이 지워졌다. 여기 빈 세상에 남은 것이라고는 지우개통 같은 가련한 기억의 부스러기들.

까마득한 일이지 싶은데 겨우 육 년이 지난 날, 어머니 제사상에 머리를 조아리며 지워지는 것에 대해 생각했다. 지워지는 것은 낭만적 도피이거나 환멸의 히스테리가 아니라고. 어떤 의지로 사라지는 것이 아니므로 무정한 것이라 말할 수 없다고. 지워지는 것은 아무리 붙잡으려 해도 산산이 부서지는 신기루. 마른 가슴에 왈칵 쏟아지는 별똥별. 지워지고 남은 흔적에 대해 이야기해봤자 들어줄 천사는 곁에 없다.

오늘 어디에서 또 한 사람이 지워졌다.

# 내간체

  굵고 진한 글씨로 기별을 넣는다 혹시나 모르는 척, 인연이었던 적 없다 할까 마음을 졸인다 바짝 졸아들다가 재가 되어버리는 완고한 꿈이 아니었으면

  거울을 들여다볼 적마다 너를 보았다 흔들리는 차창마다 네가 흔들렸다 문득 바라보는 하늘에는 네가 달처럼 떠서 나의 바다를 채우고, 비우고, 채우고, 비우고,

  답장은 문장으로 완성되지 않는 것

  기다림보다 더한 안달은 이승의 일이 아닐지 몰라

  내가 보낸 편지를 내가 읽는다 일찍이 밀서에는 파문이 일었다 그 물결이, 몇 번의 여울을 지나온 그 무늬가 무사히 건너편에 닿았으면, 제자리가 아니었으면

# 곁

　통속과 순정, 서쪽과 북쪽, 왼편과 뒤, 오후 4시 45분
과 새벽 2시, 맥주와 생수, 이별과 망각, 우주와 단 한
사람, 잠과 환영, 흉터와 흔적, 너와 나, 십일월과 유월,
괄호와 부등호, 투명과 안개, 영과 무한 혹은 몸, 대화와
자문자답, 라르고와 안단테이거나 알레그로와 프레스토
이거나, 발등과 뒤꿈치, 안과 심장, 바깥과 타인, 내재
율과 홀로 걷기, 연필과 지우개, 두꺼운 것과 얇지 않은
것, 몰염치와 파렴치, 하나님과 백지, 하나님과 백치, 우
연과 행운, 의자와 손님, 고백과 거짓말, 레디메이드 인
생과 청춘 혹은 하루 치 희망, 산책과 귀가, 한 점의 서
정과 한 편의 전위, 분노와 절망, 자멸과 굴종, 내리막길
과 돌아가는 길, 막차와 헤어짐 혹은 심야의 라디오, 알
베르 카뮈의 몽드비와 김수영의 관철동 혹은 두 사람의
마지막, 나의 걸음 곁에는 언제나 바람이 불고, 폴 발레
리의 바람과 나의 바람, 걸어가는 것들에게 바람이 불고

# 새해맞이

먼지를 털어내고 유성기판을 한번 돌려보자는 것이다 만날 분명한 것이 지겨워 뽕짝 한번 구슬피 뽑아보자는 것이다 그래, 가파른 계단을 내려가면 물망초다방이 있어 설탕 두 스푼에 프림 세 스푼으로 시간을 마셨지, 심약한 권태는 중랑교 동시상영관에 몸을 묻고 주룩주룩 내리는 비에 오후를 내내 적셨지, 비좁은 종로서적 입구를 서성이며 몇 시간째 오지 않는 헛것의 그림자를 두리번거리기도 했지, 그날 멀건 찌개그릇 놓인 북아현동 막걸리집 낡은 식탁에는 담뱃재가 눈처럼 내렸고, 골목을 돌아 집으로 돌아가는 길에는 손님 없는 구멍가게가 졸고 있었고, 그 옆에 보안등을 켠 전봇대는 어린 연인에게서 짐짓 고개를 돌렸지, 지금은 아파트가 들어선 공터에는 순한 짐승의 내장을 안주 삼아 소주를 마시는 남자들의 기착지가 있었는데, 밤이 참 푸르렀는데, 구구절절 몇 곡 꺾고 보니 아무래도 나이를 먹지 않을 도리가 없다는 것이다 그래, 어디서 다시 새날이 밝아온다는 것이다

# 솔직히


당신의 장례식장에서 식탐을 부렸더랬습니다 웬 수육
이 그리 맛있던지요


작별 후 또 다른 품에서 당신의 체온을 금세 잊었습니
다 쥐도 새도 모르게 아무에게도 들키지 않았습니다


당신의 예배당에서는 상처 없는 마음이 무릎을 꿇지
않았더랬습니다 기도하는 두 손바닥 사이에 노리개 같은
의심이 만져졌지요


그래도 간절한 소망은 이루어진다며 그래도 비루한 영
혼을 어여삐 안아달라며


흔들리는 촛불 하나를 감쪽같이 밝혀두었습니다 여태
사나운데 얌전한 식물인 양 당신의 발등만 쳐다봤습니다

# 식물도감 공부


　세상 모든 식물에는 창문이 없다 밖을 내다보며 자기
를 쥐어짜지 않는다 처음 그 흙냄새를 배반하지 않고 제
몫의 풍경을 생육한다 나비가 날면 이파리를 열어 햇살
의 환멸을 털어내고 새가 날면 가지를 뻗어 공중의 열망
을 내어놓고 아까운 것 하나 없다는 듯 아무것도 모으지
않은 채 제자리에 익명으로 솟구친다 식물들이 겸손해
이름이 잘 외워지지 않는다

# 소묘(素描)

대낮의 횡단보도에 아지랑이가 피었다 맹학교에서 나
온 여자애가 엄마 손을 잡고 서서 동요를 불렀다 따스한
계절에 잘 어울리는 멜로디였다 빨간 신호등이 초록 신
호등으로 바뀔 때까지 나는 착한 사람들에 대해 생각했
다 아마도 그 어린아이가 너무 착해서 하늘이 세상을 못
보게 하는 것이라고 짐작해보았다 여자애는 차도를 건
너면서도 노래를 멈추지 않았다 아이가 흔드는 대로 엄
마의 팔이 함께 율동했다 단 한 사람의 관객이었던 나는
엄마의 걱정은 떠올리지 않으려 했다

# 길거리에서 기다리다

오랜만에 길거리에서 누구를 기다리다
뭉클해진 건
사월(四月) 탓일까

하얀 꽃잎이 한꺼번에 쏟아지는 순정은
나를 놓치게도 한다
바삐 오가는 사람들을 관람하며
나의 분주(奔走)는
옛일이 되었다

제멋대로 정지해버린 그림자여
자주 그저께보다 멀리 기울어지는 나의 시선이여

인사동 수도약국 앞이었거나
해거름의 시청역 1번 출구였거나
신촌 그레이스백화점 근처 어디였거나
그날들에도 나는 기다림을 발효시키며
길거리에 머무르지 않았나

다시 만나지 않아도 좋을 사람을 기다리며
심란하기도 했으리라
길거리에서 누구를 만나 뒷길로 총총 걸음을 옮겼던
저 순간들
내가 닿지 않았던 날들

길거리에서 누구를 기다리다
새삼 가슴이 흐린 건
이미 사라진 것들 때문일까
아직도 곁에 남아 있는
어느새 낡은 것들 때문일까
길거리에서 누구를 기다리다 울컥 어긋나기도 하는

저 너머

# 반문(反問)

　가시를 위문하려고 꽃이 핀다 세상이 점점 나아질 것이라 믿는 너에게 그럼 이곳은 이미 천국이어야 하지 않을까, 라고 반문한다 장미의 존재 이유가 가시라고 생각하면 어느 날에나 헤아릴 수 없는 별들이 점멸한다 꽃이 꺾여도 삶은 지탱하던데 가시가 잘려나가면 부끄러움만 남는다 백혈병을 앓던 릴케는 장미 가시에 찔린 후 짧은 시에 마침표를 찍었다 병보다 마음이 앞선 것이 화근이었다 기쁨에게 건넬 꽃을 보느라 가시에 주목하지 못한 것이 죽음이었다 가시를 키우려고 꽃이 빨간 해를 삼킨다 긍정과 감미로움을 이야기하는 너에게 그럼 이곳은 이미 낙원이어야 하지 않을까, 한 번 더 묻는다

# 낙천주의자

비 내릴 확률 30퍼센트라는 일기예보에 우산을 외면하다가 문득, 나는 낙천주의자인가? 그 정도의 불편이나 당혹은 무시해도 괜찮은 시절인가? 일곱 번의 친절과 세 번의 배신 중 나는 어느 쪽이 더 무거웠던가? 만약 70퍼센트 확률의 굴종과 30퍼센트 확률의 자존심이 갈림길을 만들면 나는 어느 쪽으로 걸음을 옮길 것인가?

오랜만에 찾아온 찬스에 열 번 타석에 들어서서 세 번 안타를 쳐내는 선수를 믿는 까닭은 무엇인가? 그날 어머니의 생존 확률은 10퍼센트가 되지 않았는데 희망을 버리지 못했던 나는 왜 30퍼센트의 가능성을 외면하는가? 만날 어리석어 비에 흠뻑 젖어봐야 비로소 불편과 당혹을 실감하는가? 과연 행운은 가깝고 불운은 먼가? 아이가 원하는 대학에 합격할 확률은 30퍼센트가 넘을 것인가? 나는 어쩌면, 낙천주의자인가?

# 무기력

스물세 살 먹은 가수가 컴백을 선언했네
담장 너머 산수유가 컴백한 봄날
화창한 청춘이 마구 꽃피었네

돌아올 곳이 있는 과거는 행복하여라
돌아갈 곳이 있는 미래는 행복하여라
헤어진 것이 이별이 아니기도 하네
지나간 것이 불가능이 아니기도 하네

미욱한 바람이 불고 미욱한 바람이 불어
폐허에 정박된 나무배가 삐걱거리네
이별과 불가능을 숙명으로 알아 스스로 발이 묶였네
어느 때 강물을 잃어버려 우울이 오도 가도 못하네

# 열쇠

무엇을 열었던 것인지, 어디에 드나들었던 것인지, 잊히는 것을 염려하면서 짐짓 잊고 살았던 것, 버려지는 것을 두려워하면서 함부로 내버렸던 것,

이삿짐 속에서 발견한 신원 미상의 열쇠 하나, 무심함으로 결핍이 사무쳤을 작은 쇠붙이의 날들, 자기 그늘만큼 무겁고 자기 목숨만큼 날카로워 녹슬어버린 내력,

내가 열었던 것이 나를 가둔다 해도 노여워하지 않기, 내가 드나들었던 것이 나를 모른다 해도 원망하지 않기, 내가 잠시 정체불명의 나를 만지작거리며, 나마스테

# 긍정의 여름

   소매를. 걷어붙인. 더위가. 열심(熱心)을. 독려한다. 뜨거운 것을. 상상하고. 뜨거운 것이. 나를. 이끈다. 염천(炎天)을. 긍정하는. 정오. 우물에. 비친. 여름을. 긷는다. 녹음의. 맥박이. 싱싱하게. 첨벙거리는. 물로. 얼굴을. 식힌다. 상쾌한. 폭염이므로. 부족함이. 없다.

# 비겁

　비겁이 나를 살아남게 했을 것이다. 참호에 납작 엎드려 빗발치는 총탄을 견디게 했을 것이다. 때로는 죽은 척 너를 외면하기도 했으니 목숨 거는 사랑이 무엇인지 알지 못했다. 희극과 비극의 백병전이 펼쳐질 적에 나는 싸늘하게 식어버린 욕망의 시신 밑에 몸을 숨겼다. 가늘고 길게 살아도 좋은 봄날이었는지, 나의 귓불을 살랑이며 살아남은 비참이 안도의 한숨을 내쉬었다. 머리 위에서 펑펑 터지던 비겁의 폭죽. 나는 적을 만들 용기가 부족했고 갈대 같은 총을 들어 나를 지킬 자신이 없었다. 돌격 앞으로! 전원, 돌격 앞으로! 눈앞에 뿌연 흙먼지가 일 때 나는 공연히 버리지 못하는 것들을 떠올렸다. 무명의 나를 살아남게 한 것은 그야말로 비겁이었다.

# 거리(距離)

　사람과 사람 사이의 거리가 천국이다 둘이 하나가 된
다면 결혼은 얼마나 불행한가 계절과 계절 사이에 간절
기가 없다면 식물은 어떻게 꽃을 잃은 슬픔을 달랠까 태
양과 지구 사이에 말 못할 비밀이 없다면 적나라한 삶의
뜨거움을 도대체 감당이나 하겠는가 우리와 너희 사이의
열 걸음으로 믿음이 쌓이고 남자와 여자 사이의 백 걸음
으로 사랑이 시작된다 밀물과 썰물 사이에는 윤슬이 소
란하니 그 거리가 아니라면 밀물과 썰물의 다툼이 자주
풍랑을 일으킨다 그때와 지금 사이의 거리가 평화를 만
든다 세월이 가져오는 망각이 아니라면 어떻게 용서를
떠올리겠는가 날이 저문다 내일 아침이면 만물이 되살아
날 것이다 밤과 아침 사이의 거리는 비탈이어서 그 경사
만큼 외로운 마음이 담금질을 한다 망망한 그 거리에 내
가 있다 나의 바깥 저만치 네가 있으니 이것과 저것 사
이의 거리가 불확실한 그리움이다

# 고깃덩어리

　고기 맛이 다 거기서 거기지 뭐, 이리저리 뒤집어지고 구워지다 보면 사육된 살점이 맹물처럼 밍밍할 때도 있지 된장을 얹고 소금을 치는 것이 당연한 일은 아니야 멍하니 속을 끓이다 새까맣게 타버리기도 하잖아 어쩌다 보니 고기 맛에 무심해지는 거지 뭐, 공들여 불을 피우고 매운 연기를 마시면서 눈물을 찔끔거리는 것이 하찮게 여겨지기도 하니까 한 시절 초원을 꿈꾸던 재능은 어디로 사라졌나 몰라 그냥 고깃덩어리가 되어 옴짝달싹 못하는 거잖아 그렇다고 채식주의자가 될 자신은 없어 고기쯤 먹고 살지 않아도 상관없을 것 같은 소심한 달관이지 뭐, 고기 맛은 무미건조해도 고깃집에서 보낸 추억은 잊지 말아야지 어차피 미각보다 본질적인 것은 식욕이니까 돌아가는 길에는 살을 익히던 냄새가 끈질기게 따라붙을 거야 우리가 고깃덩어리로 즐거웠던 거지 뭐,

# 단편(短篇)

허구한 날 일생을 탕진했다

휘파람을 불면 언제나 구설수가 따랐다

안에서 밖으로 나가는 것보다 밖에서 안으로 들어오는
것이 수월했다

이렇다 하게 먹은 것도 없는데 자꾸만 헛배가 불렀다

앞으로 해낼 수 없는 일들을 손가락으로 헤아려보았다

또 한 사람과 멀어지면 그럭저럭 아무도 그립지 않았다

한여름에도 냉기가 서린 손을 잡아본 적이 있다

추억의 힘으로 무료함을 조금 밀어냈다

달라진 것이 달라지지 않은 것을 조롱했다

저편에서 궁금하지 않은 내막이 시끄러웠다

세계가 모여들어 작은 점이 되었다

나중은 백지가 남았다

가끔 페이드아웃으로 비틀즈가 들리기도 했다


헤이 쥬드 / 너무 나쁘게 생각하지 마*


* 비틀즈 노래 〈Hey Jude〉.

# 가시 맛

엄나무를 넣어 고아낸 닭백숙은 가시 맛이 일품이다. 가시 옷을 입고 숲을 건너온 일개(一介)의 나무토막, 땅에서 잘려나가면 자칫 나무토막으로 불린다. 뿌리를 잃고 부유하다 설움이 덧나는 객지(客地). 결코 가까울 수 없는 것들과 뒤섞여 끓어 넘치기도 하는 일평생의 솥단지. 그래도 가시가 있어 엉망으로 허물어지지는 않았다고, 배수진을 쳤던 날들을 쌉쌀하게 음미한다. 가시가 진하게 우러난 국물을 한 그릇 들이켜니 보약이 따로 없다.

# 비관주의자

    끝과 마지막과 최후를 잘게 채 썰어 김이 피어오르는 고슬고슬한 연애 위에 얹는다. 노른자가 터지지 않게 프라이팬에 안녕을 부쳐 끝과 마지막과 최후의 알록달록 위에 올린다. 엎친 데 덮치거나 얹은 데 올리거나 싱겁지 않은 것이 연애의 공복(空腹). 맵고 짭짤한 착각의 양념을 떠 넣어 쓱쓱 비비면 한 그릇의 파국(破局)이 준비된다. 참기름 서너 방울은 고소한 후회의 눈물. 둘이 마주 앉아 식사하는 것이 농담 같아 서로의 뒤쪽에서 허기가 생생(生生)하다.

# 인산인해

　서로에 대해 아무것도 모르는 벚꽃잎들이 서툴게 바람을 탄다 흰 눈 같은 것들이 물방울 같은 것들이 겨우 며칠 만에 아무것도 아닌 것들이 볕살 아래 거닌다 별일 없이 잘못들이 붐빈다

　그 여백에 가만히 네가 서 있다

# 생은 한가운데

아무리 가장자리라고 우겨도 끝내 중심이더군요. 쉼 없이 걷고 걸었지만 중심에서 한 발짝도 벗어나지 못하더군요. 루이제 린저가 『생의 한가운데』라는 소설을 썼더랬지요. 어릴 적 누가 사놓을 만한 식구도 없는데 책상 위에 버젓이 꽂혀 있던 책. 제목만으로 가슴이 살짝 사각거렸는데요, 열댓 살 먹은 생의 한가운데가 제법 미로였는데요, 굳이 읽지 않아도 내용을 뻔히 알 것 같았던 문장들. 생의 한가운데가 단지 청춘이거나 가장 빛난 어느 한때를 의미한 것은 아니겠지요. 생의 한가운데에서는 별일이 다 일어나더군요. 생의 한가운데에서는 치욕이 부끄럽지 않더군요. 곰곰이 궁리해보면 생의 한가운데가 '생은 한가운데'라는 말일 거예요. 아무리 내던져도 부메랑처럼 되돌아오는 중심, 생은 한가운데에서 한 치도 물러서는 법이 없으니까요. 한쪽 귀퉁이에 밀쳐놓았다 싶은데 눈 깜짝할 새 한가운데로 되던져져 야단이니까요. 언제나, 생은 한가운데.

# 슬프거나 한심하거나

돌베개 베고 잠들어 물렁한 꿈을 꾸었네
빈 그릇을 핥는 식욕이 버리지 못하는 열망이었네
목이 말라 물을 마시면 소금이 버석거렸네
절반을 지나왔나 한숨 돌리면 나머지 절반에 어스름
이 스몄네
당신에게 다가서면 당신의 뒷모습이 보였네
아무렇지 않게 꽃 모가지를 꺾는 사람들이 향기를 다
가져갔네
경계마다 장벽을 쌓아 외로움이 나쁜 버릇처럼 몸에
뱄네
마음을 얹어둔 시렁에는 거미줄이 어지러웠네
숨죽여 넓디넓은 우주의 당부를 들으려는데 자꾸 옆
구리가 간지러웠네
그믐이면 지붕을 인 것들 굽어보며 인적 없는 벤치에
머무르기도 했네
여기서 저기로 아무것도 움직이지 않았네
달빛이 머뭇거렸네
밤이 참 무거웠네

# 성북동 호수

　길상사에서 내려오는 길에 널따란 호수를 보았습니다.
성북동성당 맞은편쯤에 있는데요, 물기가 다 말라 얼핏
하늘에 떠 있는 공터 같습니다. 그런데도 심란한 누가
물장구를 치면 물결이 일렁입니다. 호숫가에는 수녀님들
과 스님들이 모여 야유회를 열고 크리스마스트리에 연등
을 매달아 놓기도 합니다. 호수가 있어 더 아름다운 동네
인데요, 기도 시간이면 음색 다른 종소리가 화음을 맞춰
울려 퍼집니다. 메마른 호수에서 하나님과 부처님이 서
로를 씻기며 인연을 맺은 초월입니다. 나는 길 잃은 양이
되었다가 어리석은 중생이 되었다가,

　그냥 오래된 질문이 되기로 합니다.

# 찬란에 대하여

스무 살이 된 큰아이에게 말했다. 네 인생의 가장 찬란한 한때라고. 아이는 고개를 갸웃거렸고 나는 달리 설명할 방법을 찾지 못했다.

그때의 나는 찬란했나?

지금의 나는 찬란하지 않나?

나는 삼십 년을 먼저 살아온 어른답게 얘기해줘야 했다. 네 인생의 한때가 모두 찬란한 것이라고. 찬란하지 않아도 후회하지 않을 순 있다고.

# 할 만큼 하는 것

중간고사 결과에 실망하는 딸아이에게 할 만큼 했으니 괜찮아, 라고 위로하다가 과연 할 만큼 했으면 괜찮은 것인가, 지나간 일들을 둥글게 말아놓은 낙엽이 부스럭거렸다 여름은 할 만큼 했는데 가을이 밀려왔고, 푸른 것들 할 만큼 했는데 날갯짓을 배운 새들은 하나둘 나무를 떠났다

그리움이 할 만큼 했는데 날은 좀처럼 밝지 않았으니, 돌아보면 이탈을 훼방하는 금기들을 허락한 것이 잘못이었다 그때도 할 만큼 했는데, 할 만큼 하느라 서럽기도 했는데, 아주 조금 경멸을 이해했던 것뿐이다

# 그럴 나이가 되었다

남은 시간으로 뭘 해야 할까요?
간밤에 보았던 환영을
당신이라고 믿어도 될까요?
서랍을 다 열어놓고 뒤져보아도
더는 흥분과 과장이 남아 있지 않은데
커다란 가방을 들고 사라진 사람들은 어디에 갔을까요?

거센 바람이 나뭇가지를 부러뜨리는 숲속에 가면
모든 다툼이 간혹 사랑의 노래로 들려요
파멸이 닥쳐도
호들갑떨지 않겠다는 것인데
내 마음 나도 모르게 오늘보다 내일을 먼저 지워요
언제나 머무르는 것은 어제
지워지지 않는 어제의 오늘과 내일

오래된 식당에 들어서면 메뉴에도 없는 음식 냄새가 나요
누구는 그걸 세월이라 하고
업이라 하고

어쨌거나 일말의 세계에서 벌어졌을
심심한 사건들의 발효라 하고


나의 가슴은 2만 개의 달을 삼켰어요
두근거리지 않아요
많은 것이 오래된 일이 되어버렸어요
뜨거운 저녁밥에서 뭉게뭉게 피어오르는 공허처럼
질문이 많아지는 때


좁은 창문 밖에 늦여름이 등허리를 진 채 앉아 있어요
눈앞에서 놓친 것보다 뒤편으로 지나간 것들이
몹시 그립기도 해요
소나기 쏟아지던 날 전파사 처마 밑에서 우연히 들었던
노랫말을 모아놓으면 한 권의 예언서가 되었을까요?
외국어를 공부하는 아이들을 쳐다보며
모국어를 잊어버리고 싶다는 생각을 해요
그러면 어떤 언어로 누구도 기억하지 않는 진심을 이야
기할까요?

거짓말과 변명도 마침표를 찍어야 할 순간이 있어요
그 마침표를 다 모아
영혼을 가득 채워야 하는 때가 있어요
쉽게 부서지는 당신을 주머니에 넣고 걷겠어요
꿈인 듯 또 꿈인 듯
돌이킬 수 없는 일만 바라보겠어요

3부

# 별곡(別曲)


이 겨울은 천 겹의 갈래. 속속들이 알지 못하는 마음 속처럼 길을 잃네. 출구를 모르는 차가운 사연들이 잔설 쌓인 길모퉁이에서 울먹여, 겨울은 아직 멀리 남았네. 한 겹의 겨울이 적적한 노래를 부르고, 한 겹의 겨울이 흐린 결핍을 마시고, 또 한 겹의 겨울이 바싹 더 바싹 메말라 자취도 없이 떠나갈 손님 같은데 어떻게 나무들은 다시 초록으로 문을 열 수 있을지. 생명으로 눈시울을 적실 수 있을지. 헝클어진 머리카락을 쓸며, 천 겹의 겨울이 숨소리를 낮추네. 잠잠히 난감한 입김을 피워올리네.

# 굴레방다리

 행복했다, 읽어야 할 저녁이 많은 날들이었으므로. 손
이 시려도 붙잡고 싶은 것에만 손을 내밀었고 귀에 얼음
이 박혀도 듣고 싶지 않은 말로는 귀를 감싸지 않았다.
십이월이 다 가도록 후회는 하지 않으려 했다.

 저녁을 펼치면 수목한계선 밖에서 나무들이 자랐다.
그곳에 둥지를 튼 악기 소리가 울렸고 은유와 상상이 모
든 관계를 새롭게 번안해 들려주었다. 자주 어려움이 있
었으나 기꺼이 견딜 만했다, 혼돈이 가지런한 박자보다
아름다울 수 있는 날들이었으므로. 더 늦은 밤길에는 집
으로 돌아가지 못한 글자들이 봄바람처럼 비틀거렸다.

 그린란드의 저녁이 깊어지면 오로라가 출렁인다. 그 저
녁의 마지막 장을 덮으면 그만한 신비가 있다고 생각했
다. 그것이 구원은 아니었으나 참 갸륵한 결말이었다.

# 체하다

엔딩크레딧이 다 올라가도 영화는 끝나지 않는다
명치끝에 턱, 하고 얹힌 정의며 의리가
질긴 고깃살처럼 잘 소화되지 않는 까닭이다
더구나 지고지순을 운운하기에는 너무 멀리 걸어왔다
잘 가라며 손까지 흔들었는데 너는 돌아가지 않고
다하지 못한 말들이 잠을 깨운다
아무래도 물렁해지지 않는 인정이
묵직한 돌멩이로 들어찬 것이다
제대로 씹지도 않고 삼킨 욕심은
어둠 속에 퇴적되어 한낮의 황홀이 메슥거린다
겨울 하늘에 진눈깨비로 흩날리는 통점들
용서받지 못해 꽉 막힌 죄들
이미 지나가버린 것에 대해 생각하다
실은 지나가지 않았다는 진실에 목이 멘다
물거품 같은 몸이 애처로워 슬그머니 아랫목에 묻는다

# 역사가 흐른다

    전파사가 문을 닫고 레코드 가게에 폐업 안내문이 나붙더니 우체통이 철거됐다 안녕, 이라고 인사하지 못한 작별이다 때가 되면 사라지는 것이 인간사여서 그렇게 또 하나의 제국이 몰락한다 공중전화의 제국, 아랫목의 제국, 만원버스의 제국, 기약 없는 기다림의 제국, 이종환의 밤의 디스크 쇼의 제국, 부동자세의 제국, 엽서와 편지와 수첩의 제국, 골목길의 제국, 모든 지루한 것들의 제국…… 내가 감히 폐왕이라도 되는 양 무상(無常)한데 가을볕 아래 한 무리의 중학생들이 제 삶의 서문(序文)을 유쾌하게 풀어놓는다 안녕, 이라고 반기지 않아도 새로운 제국이 진작 돛을 활짝 펼친 것이다 백지의 제국, 망망대해의 제국, 모니터의 제국, 느낌표의 제국, 의심 없는 것들의 제국, 더 빠른 것들의 제국, 어제와 별로 다르지 않은 오늘의 제국…… 괴괴한 나의 심사(心事)는 아랑곳없이 역사가 흐른다

# 닭 잡는 날

### 1.

백정은 죽이는 기술을 가졌다 백정은 멸시받는 직업
이었다는데 더 살고 싶어 하는 것을 덜 고통스럽게 죽이
는 치명적인 배웅을 했다 오는 길만큼 복잡한 것이 돌
아가는 길이므로 백정은 친절한 안내원처럼 감정을 다스
릴 줄 알았다 무표정하게 몸에 밴 섬세함으로 단박에 정
수리를 찍으면 백 마지기 밭을 갈던 황소도 눈물 훔치며
발길을 돌렸다

### 2.

이웃을 불러놓고 닭 한 마리를 잡지 못해 고민 중인
그는 백정의 기술을 모른다 모가지를 비틀자니 비명이
길 것 같고 연장을 쓰자니 너무 잔인할까 걱정이다 남의
생명을 덜어내는 일이 천 길 낭떠러지 같아 까마득하다
함부로 살생의 환각에 빠져 자비를 죽이고 용서를 죽이
고 화해를 죽이고 아무 거리낌 없는데 그는 나이 육십이
되도록 도덕적 불문율을 뚜렷이 새겨두었다 겁에 질린
닭 한 마리를 무심히 보내주지 못한다

# 안부

괜찮아요?

매미가 울음을 그치고 흰 허물만 남겨 놓았는데. 그
리움을 부르던 메아리마저 사라져 오직 산그늘이 무거운
데. 지난 봄 목련은 뭐가 걱정스러워 잎보다 먼저 꽃이
피고 피는 둥 지고 말았는데.

이해 없이 사랑할 수 있는 당신, 괜찮아요?

아무리 아파도 고통만으로 인간은 죽지 않아 고통은
인간을 제압할 뿐인데. 비명을 지른다고 천사는 오지 않
는데. 현재는 어쨌거나 현재에 있는데.

불가능을 필사하며, 간신히 수줍음을 참아내며, 뼛국
에 둥둥 뜬 기름덩어리 같은 추억을 걷어내는 당신, 괜
찮아요?

심금을 퉁기면 어디로 고요가 번지는데. 검푸른 그림
자 웅크린 그곳이 막다른 골목인데. 눈길을 걸으면 당신
과 내가 뽀드득 부대끼는 소리 들리는데.

# 무언극

    피에로는 울면서 웃더라 눈가에는 몽글몽글 눈물방울을 그리고 입가에는 과장된 미소를 붉게 칠한 채 저 혼자 무대에 오르더라 방향을 잃고도 걸음을 옮기는 방랑처럼 너를 잊고도 그 온도를 기억하는 불완전처럼

    아무 말 없이 글쎄, 피에로는 웃으면서 울더라

    한 움큼의 재능으로 헛것을 던지고 굴리고 허세와 두려움을 겨우 눙치고 어르고 아무 말 없이 한 줌의 자존심이 어쩌다 잔기침을 뱉으며

# 갈매기

새의 자유는 정말 하늘일까 더 멀리 보기 위해 높이 나는 것이 추락이 두려워 애써 날아오르는 것이 고단한 날개의 그늘인데 푸르른 것이 드넓은 것이 어디든 길 없는 것이 하늘의 자유라고 단언할 수는 없는데

청춘을 지나 펼쳐 든 해도(海圖)에는 수평선이 기우뚱 균형을 잃고 작은 섬 하나 보이지 않고 하물며 바다까지 보이지 않는데 하늘에서든 바다에서든 쉽게 복음(福音)이 믿어지지 않는다는 것인데 갈매기는 왜 갈매기이기만 할까

누가 던져주는 안녕은 과자처럼 부서지기 쉽고 비린내 나는 관계는 쉽게 부패의 냄새를 피우고 날씨는 변화무쌍한데 어째서 갈매기는 날개를 접은 채 쉬워지지 못할까 바람은 좌표를 찾지 않는데 아무렇게나 눈머는데

# 엄살

    은둔과 자폐의 나날입니다 말로 다하지 못해 적막입니다 이별은 장강처럼 유유하고 기억은 지나간 사건일 뿐입니다 태양이 그늘을 만드는 것은 엄연한 일입니다 남은 바람이 있다면 일찌감치 망신당할 짓을 사양하는 것입니다 발길에 차이는 돌멩이가 수만 년 전 어디서 굴러먹었는지 아무도 궁금해하지 않습니다 사람과 돌멩이 사이에 개입할 구분은 아무것도 없습니다 부자유와 무표정의 목숨입니다 황홀이라 할 수 없는 착란에 몸이 묶인 깃발입니다 당신은 친절하지 않았고 물음표가 너무 많았습니다 소걸음으로 만 리를 간다지만 그곳이 아득합니다 이제 이생에 남겨진 희망은 습관뿐입니다 좌우로 오가던 사상과 위아래로 헷갈리던 사랑은 잊은 지 오래입니다 곰곰이 두리번거릴 것도 없다는 생각입니다 사위 더없이 조용합니다 대낮의 공동주택 주차장에는 비굴과 협잡이 전부 떠났습니다 마음에만 젖는 종이배를 접어 구구절절 상념에 띄웁니다

# 빈둥거리다


　오래된 집에 누워 새 벽지로 덮어버린 못 자국들을 추념하다가, 사람이 사람에게 남기는 못 자국들에 대해 돌이키다가, 무수한 상처를 묻은 벽이 다시 액자며 옷가지며 가슴에 안아 묵묵히 견뎌내는 끈기를 경이로워하다가, 존재한다는 것의 숙명이 눈물겹다가, 못 자국들이 섭섭해할 망각에 대해 헤아리다가, 외풍에 시달리는 벽의 차가움과 뜨거움에 대해 공감하다가, 무엇과 무엇 사이의 벽에 대해 안타까워하다가, 벽이 감추고 있을 딱딱한 혀를 상상하다가, 벽이 없는 공간의 무한과 공허의 양면을 떠올리다가, 오래된 방을 뒹굴며 쏜살같이 흐르는 세월을 더듬거리다가, 망치질을 해도 못을 튕겨내던 자존심이 있었지 격려하다가, 벽이 몰래 훌쩍이는 소리를 엿듣다가, 그 많은 못 자국들의 결코 덮어버릴 수 없는 명백한 사실을 되새기다가, 하품하다가, 벽의 팍팍한 잔등을 한번 쓰다듬다가,

# 책

134쪽과 135쪽 사이에 책갈피를 꽂고 오늘을 덮으면 이미 알게 된 내용과 아직 알지 못하는 미지가 공존한다

그 삶을 다시 열지 말지 확신할 수 없는 것이 내일이다

오랫동안 많은 활자들이 어둠으로 내용을 삼킨 채 심장 밖에 던져졌다 누렇게 뜬 낯빛이 먼지를 궁리하다가 모르는 곳으로 영 사라졌다

미지가 미지로 남는 것은 운명의 장난 만약 135쪽을 넘겨 136쪽을 알게 되면 137쪽 이후가 다시 믿지 못할 내일

어느 밤에는 책 한 권을 다 읽겠다는 의지가 가련하기도 하다 많은 책들이 밑줄 하나 없이 더는 미지도 없이 영영 버려져왔다

# 뱀

　자기 입보다 큰 욕망을 억지로 삼키는 사람아, 반짝이는 요기(妖氣)와 서푼의 지성이 익숙한 환멸처럼 징그럽구나, 너의 홀림으로 분투하는 일대기, 기다랗고 차가운 회한이여, 비유로 설명되는 사건들이 내력을 채우고 진리는 서녘에 뉘엿하고, 온몸으로 바닥을 흐르는 부끄러움, 머리에 사관(蛇冠)을 쓴 네가 흐느낀다,

　우우, 너는 아는 너여!

　목말라 마시면 독이 되는 위로, 혓바닥을 잘못 놀리며 세월이 흐르고, 지나온 흔적마다 밤의 냉기가 고이고, 가라, 사람아, 너를 아는 곳에서 너를 모르는 곳으로, 너를 몰라 재촉하지 않는 곳으로, 훌훌 껍질을 벗고 참회의 비늘이 다 벗겨질 때까지, 가라, 사람아, 아무것도 아니었다는 생각이 들 때까지,

　너는 아는 너여, 서늘한 기운이 중심에 술렁일 때까지!

# 일상적 반성

반성을 주제로 시집 한 권을 다 채운 시인의 생애를 뭐라 말할 입장은 아니겠으나, 반성이란 그런 것, 식탁이든 변기든 버스 좌석에서든 반성의 습격은 한순간도 나를 잊는 법 없이 날카로워 쓰디쓴 돌풍인 것, 어제는 치과 베드에 누워 한 마리 순한 초식동물처럼 두 눈만 멀뚱거렸는데, 차가운 것이 잇몸을 들쑤실 적마다 그놈의 반성이, 어떡하나 눈물겹기도 한 그놈의 반성이, 또다시 죽비 되어 뒷목을 후려치더니 내가 걸어온 길만큼 딱 그만큼 서늘한 바람이 불었고, 먼발치에서는 문득 해거름이 시작되었고, 이제 와 뉘우친다고 달라질 것 무엇이나 반성은 도리가 없는 것, 반성하지 않으면 그마저 아무 일 일어나지 않는 하루가 있어 반성은 나의 것, 반성은 여지없이 나의 것, 사랑은 가고 몹쓸 기억만 남은 것처럼 돌이킬 수 없는 것들을 목메어 불러보는 시간, 아아, 너와 내가 안간힘으로 살아가고 있으니 다시 만나지 못한들 이상할 것 없지만

# 그늘의 인장(印章)

　여기 구름이 흐른다. 흐르는 것이 강물만은 아니어서 비좁은 시간도 저만치 가고 있다. 그동안 세상의 그늘은 하물며 많은 것을 안아주었다. 나무 그늘은 새들의 여린 발목을 감싸는 안식이었으며, 꼭 그렇게 사람의 그늘은 사람에게 스며들어 망연한 기다림이 되어주고는 했다. 한때 그늘에 시든 문장으로 번번이 작별을 고했으나, 뒤늦게 알게 되는 것이 마침내 알게 되는 것인지. 단호한 것들이 도둑 같았던 나날. 희붐한 길목을 서성거리다 손가락 사이로 모든 것을 놓쳐버렸던 날들. 실은 그때에도 그늘이 언 가슴을 문질러주었으리. 입안 가득 새벽을 머금고 와 밤새 신열로 들뜬 이마에 입맞춤을 해주던 청춘의 재판관은 다시 누구를 찾아갔을까. 그늘의 손길이 어루만지던 저편의 비밀, 가만 보면 그늘의 품이 은밀히 따뜻하지 않았나. 이제 와 그늘의 인장이 옛날을 기억한다.

# 우리 만남은

너의 흉터가 담긴 소포를 받았다 발신지는 추억이었다 어디쯤에 빗발이 흩날리는지 한쪽 귀퉁이가 살짝 젖어 있었다 하염없이 몇 세기가 흘렀다 정말 그러한 듯 잊고 산 것이 너무 많았다 너의 눈동자보다 돌아서 떠나던 너의 등허리가 더 어른거렸다

틀림없이 상처가 아니라 흉터였다 불꽃이 재가 되어다 아물었다는 것인지 안심하면서도 못내 서운했다 나를 부르던 순간들이 일제히 하늘로 올라가 물비늘 같은 과거가 되었다 아주 먼 데 있어 날이 개도 희미했다 그도 그럴 것이 필연을 믿지 않았다

# 연체동물

목에 핏대를 세우며 웅변하거나 먼저 악수를 건네는
것은 고독한 항해의 방식이 아니다

뼈대 없는 가문의 자손

척추 없는 번뇌가 밤을 부르면 불면이 길다

내부에 허공이 머문다

흐늘거리는 시간들

당신들

휘고 뭉그러지다 달이 차오르는 바다에서, 갈망은 텅
비어 오직 고집이 세다

# 위악(僞惡)


차라리 빼는 편이 나을 것 같은 청춘의 한 구절이구나 질감과 조형의 차원에서 그때의 물성(物性)은 완전히 아름답지 못했구나


너의 변명은 간절함을 유기한 저수지에나 내던져, 넌 인생을 술잔처럼 쏟아버렸잖아


낡은 가방에는 구름만 잔뜩 들어 있었다지 말과 글 이전에 사랑이 존재했듯 기록 이전에 진실이 있잖아 몇 줄의 견해로 포즈를 취하려 하지 말았어야지 별것도 아니면서, 새삼스럽게, 너는 줄거리로만 소환될 거야


미련이 가고 미련이 오고 더러움이 가고 더러움이 오고 한 세대는 가고 한 세대는 오고 속세는 너그러운 송곳이 아니야

# 아귀

헛되고 헛되며 헛되고 헛되니 모든 것이 헛되도다[*]

아귀가 맞지 않는 하루를 아귀처럼 아등거렸다

사람한테 버림받았다는 물고기

커다란 머리통과 사나운 입으로 순수를 희롱하는 못난이

어쩜 네 표정은 다 흉기 같아

누구도 고뇌와 질병을 독차지할 수 없어서

그냥 두어도 가을이 오고 머리 꼭대기부터 단풍이 들고

고통에 대해 알수록 엄살만 늘지 않는가

그곳에는 어떤 뻔한 거짓말이 있는지 소문이 자자하여

아귀찜으로 쓴 입을 헹굴 적에 미사여구를 바라지 않는
슬픔이 차오른다

나는 이미 전속력으로 달려

목표를 향해 노력할 필요도 없이 나는 그 자리에 이를
것이므로

나이 들수록 인자한 미소를 짓는 것이 가당키나 한지

탐욕이 큰 자 굶주림의 형벌을 받으리니

서두르지 않아도 문 밖에 언뜻 물컹한 내일이 반짝인다

아귀처럼 씹어 삼켜야 할 소망이 남아 있다


• 「전도서」 1장 2절.

# 막차가 달리네

막차가 어둠을 흘기며 전속력으로 달리네 빛의 절규는 여리고 흐린 것들을 왜곡시켰지 빛에 따라 달라지는 나뭇잎의 색깔처럼 인생의 주인공은 그 사람이 아니야 의심받지 않는 것이 진실은 아니지 순식간에 탈바꿈하는 증언들과 두드리면 닫히는 문 유물론적 생애를 실어 나르는 막차의 피로를 바라보며 어둠은 모질지 못해 소슬하지 몹시 지친 것들 바늘구멍만한 목구멍으로 태산 같은 배를 채워야 했던 시간이 저물고 막차가 달리네 아아아 막차가 달리네 슬며시 어깨에 기대는 하루의 심연 막차가 다다르는 곳에 절망의 망명정부가 있지 무장해제 당한 울음으로 기적을 울리며 닿는 안식의 혈(穴) 열정 따위 묻지 않는 늦은 밤이지 한낮에 양각했던 허방을 잊고 정말로 그리운 것들을 음각하는 막차 사냥꾼에게 쫓기는 노루처럼 막차가 달리네 ……우리는 어디서 왔는가, 우리는 누구인가, 우리는 어디로 가는가*

* 폴 고갱의 그림 제목

# 시

 새 떼의 군무가 너의 이름을 적는다 제 가슴에 저녁을
베끼는 새 떼가 노을보다 진하게 감빛으로 물든다 나는
왜 뜬눈으로 너를 지새웠나 그러고도 왜 종일 강둑에 앉
아 새 떼의 몸짓에 너를 울었나 내 것이 아니어서 아름다
운 풍경이 나를 붙잡는다 편서풍에 휘어지는 나뭇가지들
이 심장을 할퀴어 차마 돌아서겠다는 말은 하지 못한다

 먼발치에서 바라보는 새 떼는 한 몸의 새와 같아 나의
티끌을 전부 모으면 너에게 가는 지도가 될까 강물이 다
흘러가고 나서야 새 떼는 이곳을 찾지 않는다

# 누가 글썽인다

어스름 새벽은 무겁다
완장을 차고 나의 멱살을 잡아채는 시간
난수표 같은 오늘을 여는 것이
길 없는 외길이다

내가 나를 속이는 일이 점점 쉬워지고
눈물은 잊은 지 오래
눈물을 잊은 가수가 노래를 부를 수 있을까
주섬주섬 적막을 챙겨 들고 문을 나서면
검푸른 폐허에 발이 푹푹 빠지는 불안

나는 굳이 나로부터 고립되어
새벽별 앞에 하소연을 삼키고
속절없는 짐승인 것을 명심한다
맨발의 짐승이 속울음을 그렁대며 걸어가는
천로역정

거기 모르는 곳에서 내가 잊은 눈물로

누가 글썽인다

# 마중

　무명(無名)의 실타래를 풀어 스웨터를 뜬다 착하게 복
종해도 마음 상하지 않는 영원(永遠)의 정령에게 줄 선물
이다 그대로 허깨비가 되어도 내내 상관없는 순애보 혹
시 손가락에 물집이 생기면 환희의 꽃망울이 한창 설레
는 셈이다

　멀리 있어 가까운 것들이 슬픔을 뱉어내지 않게 했지

　아무도 모르는 것들이 낮보다 환한 밤을 달래주었지

　폭포처럼 쏟아지던 경전의 은유들

　있는 것보다 아름다운
없는 것들

　그늘이 짙어 그나마 자랑이다 영원의 정령은 그런 것
을 단단히 안아주기 때문이다 조금 남은 설움이 뜨개질
하는 곁에서 달빛처럼 뒹군다 고요히 머물며 내어줄 것

을 준비하는 의젓한 마중이다

# 물끄러미

도원(桃園)의 복숭아들이 제 살을 파먹으려는 산새를 물끄러미 올려다본다. 가지에 발이 묶인 신세로 도망은 시도조차 하지 못할 일이다. 군침을 삼키는 산새의 뾰족한 부리. 자연 세계에 일어나는 일이 아무렇지 않게 참혹할 때가 있다. 서로 다투어 머리를 들이밀었던 볕 좋은 자리가 최후를 맞기도 알맞은 곳. 변두리 낡은 건물에 들어선 양지바른 요양원 앞을 지나며 풋복숭아같이 까슬까슬 푸르렀을 한 시절을 생각한다. 언제든 무정한 산새가 공손해진 과육(果肉)에 부리를 박으면 단물이 흠뻑 새 나갈 것이다. 아물지 않는 시간. 너무 익어 짓무른 할머니가 창가에 기대어 물끄러미 눈동자를 비운다.

# 오브제

 벗기고 또 벗겨도 겉이다 하루는, 그런 것 같기도 하고 그렇지 않은 것 같기도 한 하루는, 도무지 정체를 알수 없는 자기소개서이다 하루는, 매운 생활에 눈이 아리고 어두운 길에서 차가운 각성을 한 움큼씩 삼키기도 하는 하루는, 가끔 넘치게 궁리해 속이 쓰리기도 하는 하루는,

 저 깊은 곳에 소스라치는 것들을 감추기도 한다 하루는, 점자를 읽듯 벗기고 또 벗기는 하루는, 어쩌다 양파 같은 것이다 하루는, 부조리의 낱말과 무관심의 낱말이 만나 각별한 의미를 만들 듯 오로지 겉과 겉을 모아 안쪽을 알아채달라는 것이다 하루는, 일생의 아리송한 하루는, 사나운 것이든 부끄러운 것이든 듬뿍 찍어 발라슬며시 낯을 가리기도 한다 하루는,

 친애하는 하루는, 나의 오브제 하루는, 시제(時制) 없는 문장을 사랑하는 나의 오브제

# 뉴스가 시시한 날

　날짜 지난 신문에 뉴스는 없다 과거의 본색에 널브러진 영광과 추문 현재는 자주 소용없는 일들로 시끄럽다 무대와 결혼했다는 배우는 동거 중이었고 그라운드를 누비던 근육은 게으른 군살로 변했다 혁명을 운운하던 투사는 권력의 세습을 모의하고 미담의 이면에 탐욕이 있었다는 사실이 밝혀졌다 지나고 보면 모든 것이 명백하다 양은냄비처럼 들끓었던 헛것들의 찌꺼기 지난 신문은 신문지일 뿐 고등어를 말아 두면 비린내가 배고 일상의 쓰레기를 싸서 버리면 저마다의 썩은내를 풍긴다 다사다난했던 냄새를 지난 신문은 자명하게 펼쳐놓는다 2008년 4월 26일 신문에는 퓰리처상을 받은 밥 딜런 기사가 실렸다 2016년 10월 14일 신문에 따르면 노벨문학상 수상자로 밥 딜런이 선정됐다 정작 밥 딜런은 뉴스에 별다른 반응을 보이지 않았고 그의 노래는 구문(舊聞)으로 충분했다

# 공연히

한 줄의 생몰 연도로 기록될 족보의 나는
허공의 사생아가 되고 싶었다
너무 늦지 않게
순응의 명부에 오르지 않으려 몸부림을 쳤다
그대로 어렴풋하게 막연한 의미가 되고 싶었으므로
불필요한 것을 생략한 한 움큼의 이력이 되고 싶었으
므로
빈손이 무거웠으나
나의 편이 아닌 네가 날카로워 덜컥 선잠을 깨고는 했
으나
순장(殉葬)이 단지 죽음의 일만은 아니어서
산 사람들이 한데 모여 안부를 나누고 회비를 걷으며
기꺼이 보폭을 맞추기도 했으나
어디든 명부에 이름 석 자 올리는 삶을 원하지 않았다

새로 이사 와 입주자명부에 이름을 적으며
유목민이 되지 못하는 나약한 종아리가
공연히 혼자 가는 먼 길을 새기며

# 아일랜드 식탁

식구들이 상처를 문지르며 둘러앉은 저녁 식탁이
허허바다의 섬일 수 있지
희망의 기지(基地)가 아니라 표류하는 부자유라서
낱낱의 섬이라서
마땅한 위로도 없이 먹먹할 수 있지

북대서양 작은 공화국의 저녁은 어땠을까
그깟 감자조차 먹지 못해 백만 명이 굶어 죽기도 했다는
수난의 땅에는 흐린 날이 많았겠지
그들의 슬픔은 그러므로 남의 일이 아니지 않은가
우리의 맹목(盲目)과 닮은
우여곡절의 일대기

도무지 이유를 알 수 없는 삶의 유래처럼
어디서 왔는지
무엇을 이야기하려는지
자꾸만 머릿속을 맴도는 아일랜드

# 사루비아

  유년의 감옥에 갇혀 있는 깨꽃 사루비아, 기다란 꽃
술 뽑아 꽁지를 빨면 잠깐씩 달콤했던 천구백칠십년대,
어느덧 역사책에 고이 접어둔 옛날 옛적, 서른 몇 살 젊
은 엄마가 연탄불에 끼니를 안치고 구멍 난 양말을 꿰매
던 지붕 낮은 이문동, 변두리 아이들같이 앞마당에 수두
룩 빼곡 참을성 없이 꽃을 터뜨리던 사루비아, 뒷짐 지
는 법을 모르는 남자들 그 일몰의 낯빛처럼 빨갰던 사루
비아, 절대 천일야화는 없을 거라며 서리가 내리기도 전
에 희끗해지던, 아무도 결과를 궁금해하지 않았던 깨꽃
사루비아, 샐비어 말고 사루비아

# 회전목마, 겨울

아무도 타지 않은 회전목마가 서 있다

하얀 콧김 뿜으며 달리고 싶은데
두근거리며 담담해지며
돌고 돌아 제자리이고 싶은데

좋은 날은 갔나 봐

어쩌면 영영

쇠처럼 굳고 단단할수록
뼛속 깊이 출렁거리는 것이 있다
적멸의 시간
그게 다 얼어 이렇게 차가운데
누가 손을 내밀면 앙상해진 갈기가 움츠러드는데

내달리지 못하는 다리는 말뚝인가 봐

어디로 달아나지도 못하게 하는 저물녘

빈 둥지가 된 안장에 석양이 결가부좌를 튼다
형체는 없으되 무거운 것이 올올하다
그럴 수 있다면
옛날을 버려 돌아눕고 싶은가 봐

슬쩍 혀를 깨문다

# 나의 투지

1.

아시다시피, 하얀색은 항복을 상징하기도 합니다. 순결한 자세로 투항한다는 뜻입니다. 백기를 들든 흰 수건을 던지든 상대에게 스스로 굴복하겠다는 다짐입니다.

반백의 머리카락을 염색하며 남아 있는 전투 의지를 다져봅니다. 반 넘게 패배했지만 아직 끝난 것은 아니라는 투지, 오판일 수도 있겠습니다만.

2.

간밤에 함박눈 쏟아진 날 아침 모질고 억센 세상도 일생에 잠시 평화를 펼쳐놓은 것을 보게 됩니다. 나의 투지는 아름답게 항복하는 날이 올지 모르겠습니다.

# 걱정

　매일 밤 일정한 시각에 돌아오는 고등학생 딸아이가 연락도 없이 늦었다. 15분이 지나고 20분이 지나자 온갖 뉴스가 떠올랐다. 그런 날에는 멀쩡하던 핸드폰이 말썽을 부리는 이상한 섭리가 있다. 평소보다 30분 늦게 대문을 열고 들어온 딸아이는 버스에 사람들이 너무 많아 밤길을 걸어왔다고 입속말을 했다. 부모 입장에 버럭 화를 냈지만, 돌아보면 나도 그맘때 구름 위를 걷듯 몇 시간씩 떠돌아다니곤 했다. 딸아이의 마음에 어떤 파장이 일었는지 짚이는 데가 있었으나 모르는 척했다. 고장 난 풍향계처럼 갑자기 방향을 알 수 없는 때가 있다고 말해줄까 조용히 망설이기만 했다.

# 그랬더라면 어땠을까


미끄러질까 걷다가,
한 번쯤 나를 잊었더라면

사물들이
형상의 고통을 잊고
쓰임새만 남기듯

한 시절 그윽하게
나를 불태우기만 했더라면

망설일 것이 뭐라고
서성거릴 것이, 두리번거릴 것이
허정거리는 밤거리가 뭐라고

하얀 뼛가루처럼 순결했던
나의 무지(無知)

그걸 알아, 두 눈 질끈 감았더라면

# 신발 한 켤레

오체투지의 자세로 낡은 신발 한 켤레가 놓여 있다 무언가를 갈구하는 것에 일생이 전부 바쳐지기도 한다

한쪽이 다른 한쪽의 제 몸에서 혼란을 들여다본다 밑창의 어디쯤 심하게 헤졌는지 남들은 알려고 하지 않는다

어느 날에는 끈을 조이는 결기가 허망해서 저 너머를 궁리한다 긴 시간이 지나면 느슨하고 헐거워지는 순간이 온다

흙먼지를 툭툭 털어내면 내생(來生)은 한 줄의 고행을 기억도 못 할는지 비밀이 많은 뒤축에 주저흔이 보인다

# 멀쩡해지기 위한 응답의 기술

박성준(시인, 문학평론가)

## 찰나의 달, 그믐

조항록의 다섯 번째 시집 『눈 한번 감았다 뜰까』는 도무지 빛이 들 것 같지 않은 세계를 살아가는 기형적 화자의 발성에서부터 시작된다. 관리되고 관리당하기를 원하는 사람들, 왜 이곳이 불편한지 딱히 질문하지 않아도 눈 한번 감았다 뜨면 다시 그럴듯하게 재생되는 세계, 그런 세계 앞에서 조항록은 잘 분류된 자신을 감지하고는 돌연 끔찍해진다. 어쩌면 이곳을 잘 견뎌내고 있는 자신이 부끄러웠던 것이다. "비교적 별 탈 없이 보내는 하루라서 비교적 행복"(「비교적」)한 생활이 반복되고 있지만, 그것을 진정 구원이라고 믿을 수 없는 것처럼 이렇게 "불현듯 벼랑"(「잠깐의 가을」)이라는 현실감은 시인에게는 파국을 불러오고 있다. 그러니까 이 시집의 언술들을 작동시키는 동력은 조항록이 "저 너머를 궁리"(「신발 한 켤레」)하는 동안에 발생한다. 한데 왜 이런 '결의의 시간성'을 그는 눈을 감는 찰나의 시간과 동시에 배치시켰을까.

주지하듯 그가 대면하고 있는 현실에서는 조항록의 결의를 가만히 내버려두지 않는다. "끝과 마지막과 최후"(「비관주의자」)까지 쫓아가서 그를 관리하는 것은 물론이고, 대항하는 주체들을 "다 거기서 거기"(「고깃덩어리」)의 부류들로 평준화시킬 뿐이다. 그러니 아무런 일도 일어나지 않을 것 같은 일상의 권태가 얼마나 아등바등하며 이곳을 견뎌내고 있었는지 다 알아냈다 한들 이 세계는 아무것도 변할 수가 없다. 눈을 감았다 뜬다고 해서 쉽게 변하지 않는 세계처럼 말이다. 그러므로 '눈 한번 감았다 뜰까?'라는 질문은 세계가 기형인지 자신이 기형인지 다시금 질문하는 동시에, 종국에는 시적 화자가 모두 참아내야만 하는 현실의 억압을 표면 위로 떠오르도록 한다. 해서, 엄밀히 말하면, 이 시집은 조항록의 '밀실'이라고 고쳐 불러도 괜찮을 듯하다.

여전히 인간을 잘 관리하는 종교, 그리고 현실의 기호들, "마구 뒤엉켜 처절"(「미꾸라지를 위한 변명」)할 수밖에 없었던 세월들을 조감하며, 조항록은 그 첫 문을 이렇게 연다.

아프다며 울지 마라. 길고양이가 갸르릉거린다. 너의 고백
은 신파 같아 이 밤이 주술적으로 깊어간다. 어쩌면 세상의
모든 음악은 가사를 잃어버려야 마땅할 것이다. 아름답게
말문이 막히지 못하는 나의 시는 좀 더 가쁘게 숨이 차올라
야 한다. 진실은 아무도 없어 외로운 행간에 감추어져 있다
던가. 앞과 뒤, 왼편과 오른편으로 나눌 수 없는 언어가 천
상의 질서일지 모른다. 마침내 텅 빈 그곳에 다다르기 위해
너와 나는 자꾸 어둠이 번진다. 더 이상 이유를 말하지 마
라. 그래서 어느 것이 어느 것을 이해한들 밤은 좀처럼 검푸
른 적막을 씻어내지 못한다. 어디서 달빛이 시름에 야윈다.

－「그믐」 전문

아픈 고양이와 자신의 처지를 교차시키는 여는 시에서
우리가 유추할 수 있는 것은 그럼에서 불구하고 여전히 '신
파 같은 고백'이 우리의 삶을 흔들 수 있다는 사실이다.
"아름답게 말문이 막히"도록 하는 이 세계에서 "나의 시는
좀 더 가쁘게 숨이 차올라야" 직성이 풀릴 듯하지만, "어
느 것이 어느 것을 이해"하고 연민하는 순정한 마음을 품
더라도 우리에게 당도한 밤은 그칠 줄 모른다. 고양이가
아프고, 내가 아프고, 세상이 아프다는 고백들로 넘쳐나
지만 어느덧 아픔의 내용은 소실되어버리고 '가사를 잃어버
린 음악'처럼 그 분위기와 기운만 이내 번져 있는 것이다.
그렇다면 나는 여기서 어쩔 것인가. 누구나 아프기 때문에

그런 아픔은 아픔도 아니라고 스스로를 강제하며 살아왔던 것은 자의가 아니고 타의였다. "울지 마라"고 말하려던 게 아니라 실은 '울라'고 '울어 보라'고 말해볼 찰나였다. 그런데 밤고양이에게 울지 말라고 홀린 듯 주문하는 자신이 이곳에 먼저 와 있었던 것이다. 여기서 시적 화자가 흔들리는 지점은 어차피 지속될 '밤의 주술' 때문도 아니고, 잠시 고개를 내밀다 사라질 그믐 같은 희망도 아니다. 온전하게 위로해주지 못한 그 흔한 신파 같은 고양이의 울음 그 자체 때문이다. 그러니 이쯤 돼서야 화자는 제 삶을 되돌아볼 수밖에 없다.

어느 누가 나의 울음을 이해해준 적이 있었던가. 아니 그보다는 되돌아보면, 투쟁의 순간들이 세월로 쌓여 있지 않는가. "아주 조금 경멸을 이해"(「할 만큼 하는 것」)하는 차분한 마음을 가졌다가도 곧 "미끄러질까 걷다가,/한 번쯤 나를 잊었더라면"(「그랬더라면 어땠을까」) 하고 후회만 되풀이하는 한때도 있었고, "사람과 사람 사이의 거리가 천국"(「거리」)일 뿐이라고, 그럴듯하게 포장하던 젊은 날도 지나왔다. "출구를 모르는 차가운 사연들"(「별곡」)을 받아 적으며 시인으로 살았고, "이름이 잘 외워지지 않는"(「식물도감 공부」) 식물들처럼 겸손도 배웠다. 배움은 투쟁이었고 투쟁은 매순간 현시하는 삶을 담보로 적응되어 갔던 셈이다. 그리고 "벗기고 또 벗겨도 겉"(「오브제」)뿐인 삶의 원리를 깨닫고는 "어디서든 쉴 수 있는 나이"(「노인이라는 잠언」)를 이해하게 된 것이다. 즉 살아내면 "거의 다 지워진 문장" (「생선이라는 잠언」)에서도 망각된 다른 곳을 직관할 수 있는, 글썽임을 배웠던 것이다.

그런데 조항록은 여전히 "나로부터 고립되어"(「누가 글썽인다」) 있다고 고백한다. "나의 주파수가 멜랑콜리에 고정"(「매일」)되어 있다고도 선언하고 있다. 대체 무엇 때문일까.


## 사(死)와 랑(浪)의 세계

왼손으로 시를 쓰는 것, 오른손으로 돈을 세는 것, 몰래 삼백여섯 개째 밀실을 만드는 것. 밉고 싫고 지겨워 발버둥 치는데 사로잡히는 것

—「강박」 부분


껍데기를 까서 알맹이만 잘도 **빼** 먹는 다람쥐는 쳇바퀴에 산다. 찍소리 없이 쳇바퀴를 돌리며 헛일을 우물거린다. 아, 영광은 껍데기의 몫이어라. 다람쥐의 등에 날개는 달리지 않을 것이다.

—「부럼」 부분


나는 절대로 그렇게 살지 않을 거야, 라고 말하는 자들을 믿지 않았다 내 뜻대로 살지 못하느니 차라리 혀 깨물고 죽

어버리지, 하며 큰소리친 족속들이 치욕과 비굴을 만들어
왔다

–「미꾸라지를 위한 변명」 부분

먼저 '밀실'에 관한 이야기를 해야 할 것 같다. 그가 규정
한 방향 감각대로라면 조항록에게 시와 돈, 예술과 자본은
각각 왼쪽과 오른쪽으로 상반되는 개념이자 대립되는 상징
이다. 이는 그의 인식 속에서 "시를 쓰는 것"의 당위가 "돈
을 세는 것"의 당위만큼이나 중요한 의식으로 작용되고 있
음을 방증한다. 하지만 자본주의 사회에서 이런 준거는 양
립하기가 힘들다. 그러니 삼백 개가 넘는 밀실을 만들 수
밖에 없는 것이다. 그러니까 그는 거의 매일매일 자신에게
안주하기 좋은 "밀실"을 만들고 세계를 대면했던 것이다.
어떤 날은 「부럼」에서처럼 쳇바퀴를 돌리는 다람쥐의 모
습이 되기도 하고, 어떤 날은 「미꾸라지를 위한 변명」에서
처럼 "차라리 혀 깨물고 죽어버"릴지언정 그들의 입맛에
맞게 살지 않겠다고 "발버둥"을 치기도 했다. 결국에는 "큰
소리친 족속들이 치욕과 비굴을 만들어 왔"던 것처럼, 혹
은 "다람쥐의 등에 날개"가 달려 있지 않는 것처럼, 그의
주장은 늘 무용했다. 때문에 밀실을 만드는 '강박'이 아니
고서는 하루도 숨을 쉴 수 없는 상태가 지속되었다. 이쯤
되고 나니, 그가 구축해놓은 시적 화자는 사실 세계의 어
떤 기형도 승인하거나 긍정하지 않는 강력한 자기 몰입을

겪고 있는 주체로 격상될 수밖에 없다. 아무도 문제 삼지 않는 부분까지 문제가 된다고 직시하고, "멀쩡해 보이는 지독한 상처로 나를 연민"(「이심전심」)하는 고독의 반복 상태가 약동하는 것이다.

그리고 우리는 그 고독에 닿고 있는 두 가지 접촉면을 확인할 수 있다. 가령 내가 사랑했던 사람들과 지금 내 눈앞에 없는 이들에 대한 연민이 그렇다.

너의 흉터가 담긴 소포를 받았다 발신지는 추억이었다 어디쯤에 빗발이 흩날리는지 한쪽 귀퉁이가 살짝 젖어 있었다 하염없이 몇 세기가 흘렀다 정말 그러한 듯 잊고 산 것이 너무 많았다 너의 눈동자보다 돌아서 떠나던 너의 등허리가 더 어른거렸다

틀림없이 상처가 아니라 흉터였다 불꽃이 재가 되어 다 아물었다는 것인지 안심하면서도 못내 서운했다 나를 부르던 순간들이 일제히 하늘로 올라가 물비늘 같은 과거가 되었다 아주 먼 데 있어 날이 개도 희미했다 그도 그럴 것이 필연을 믿지 않았다

– 「우리 만남은」 전문

이 시집을 채우고 있는 대부분의 사랑 시편들은 현재까지 지속되는 사랑이 아니라는 점에서 외형상은 '끝난 사랑'

의 형태를 취하고 있다. 인용한 시편에서도 드러나듯, 시적 화자가 "너"를 다시 '지금 여기'로 호출하게 된 계기는 너에게서 온 "소포" 때문이다. 물론 여기서 "흉터가 담긴 소포"나 "하염없이 몇 세기가 흘렀다"는 정황은 사랑의 영속성과 무시간성을 추동하는 하나의 상징일 테지만, 이 과정에서 화자가 취하는 태도는 정서적 상승과는 달리 다소 수동적이다. 사랑했던 당신에 대한 추억이 화자로 하여금 주체적으로 내발된 것이 아니라 '소포가 도착했다'는 우연한 계기를 통해 외재되었다. 그동안 나는 당신에 대해 "잊고 산 것이 너무 많았"고, 당신을 기억하려고 몸부림친 적도 없다. 다만 과거 우리의 만남이 오로지 당신의 흉터로 현시된 것에 대해 과도한 연민을 쏟아낼 뿐이다. "나를 부르던 순간들이 일제히 하늘로 올라가 물비늘 같은 과거가 되었다"지만, 지금 당장 나는 당신이 왜 나에 관한 추억을 이제 와 흉터로 내보였는지 "못내 서운"하다. 여기서 시적 화자는 우연과 필연 사이에서 기우뚱거리며, 자기 고독에 잠기게 되는 것이다.

이런 고독 상태를 토대로 한 사랑의 방식은 '현재성'이나 '상호 관계'가 유지되지 않는 상황에서 비롯된다는 점 때문에 엄밀히 말해서는 사랑이라고 명명하기에 너무나 부족한 정동들이다. 기억을 경유한 사후적이고 자기중심적인 사랑의 정황은 「동굴의 미움」, 「슬프거나 한심하거나」, 「거리」, 「비겁」, 「사랑결핍증」 등에서도 누차 반복되는데, 이는 단순히 현재는 가능하지도, 기능하지도 않는 사랑의 상태를 전면화하는 '전망 없음의 상태'만을 의미하지 않는다. "목숨 거는 사랑이 무엇인지 알지 못했다."(「비겁」)는 고백보다는, "불확실한 그리움"(「거리」)에 취해 살아보고 싶다는 자기 몰입의 방증이다. 매일 '밀실'을 만든다고도 했거니와 "한때 밀실의 힘으로 살아가기도 한다"(「뭐가 들었을까」)고도 했다. 누군가를 나의 '밀실' 속에 거주시키기 위해서는 내가 오래 앓고 있던 "예감의 고통이 지배하는 아주 안쪽의 상처"(「이심전심」)를 내보여야 했을 것이고, "무심함으로 결핍이 사무쳤을"(「열쇠」) 일상에서 때때로 "가학적 희망을 논하"(「스툴」)며 서로 억압자 역할을 수행하기도 했을 것이다. 다시 말해 사랑이란 자기주체성을 모두 놓쳐버리고 온전히 타자를 향해 작동할 때 가능한 상태라서, 그것이 얼마나 서로를 "사방이 폐사지"(「구운몽」)인 공간으로 내몰게 될지 조항록은 이미 알고 있었다. 그러니 그는 사랑의 정념을 모든 순간들을 모아 공간을 채우고 있는 일각의 몰입 상태로 상징했던 것이 아닌가.

'무엇 무엇을 모아 너를 어떤 상태로 만든다'는 주술구조의 열거로 이루어진 「몰입」은 자신의 전부를 걸어야만 직성이 풀리는 그의 사랑법을 다시 한 번 상기시키는 가편이다. 그런 연유에서인지 그의 사랑은 늘 고독하고, 그가 가진 밀실과 늘 대치하며, 불행과 실패를 항상 김안한 상태에서 추동된다. 게다가 시집 곳곳에 분포되어 있는 기독교적 색채의 구원론과 부딪힐 때면, 한낱 인간의 사랑이 종교적 사랑만큼이나 충만해야 한다는 당위가 되어 형상화되기도 한다. 가령 「당신의 발」에서 하루 일과를 마치고 서로의 발을 주무르는 지극히 평범한 사람들의 일상을 "구원의 골방에서 기도를 올리"는 행위로 격상시켜 묘사하는 것만 보아도 그렇다. 종교적 사랑만큼 최상위 층위의 사랑만이 이 세계를 구원할 수 있고, 나(타자)의 고독과 밀실을 무너뜨릴 수 있다고 믿는 이런 아련한 믿음이 조항록의 사랑 시편에는 "미완성의 평화"(「휘파람 분다」)로 기입돼 있다. 그러니까 그가 인지하는 '사랑'은 사(死)와 랑(浪)의 속성을 모두 내재하고 있어서, 이미 끝나 죽어버린 사랑인 듯하지만 늘 생활과 정서에 파동을 불러와 스스로를 파국의 세계 곁에서 그래도 살아 있도록 하는 사랑인 것이다. 이런 종류의 사랑을 이제 '살림의 사랑'이라 불러보면 어떨까. 이와 같은 '역설'과 '불가능의 가능성'을 가진 뒤엉킴은 조항록이 사물을 관통하는 시선들에서도 되풀이된다.

**관찰자에서 횡단자로**

붉은 사과는 껍질 속에서 어떤 색깔로 달그락거릴까 내가 보지 못하는 껍질 속에서 파란 꿈을 꿀까 노란 사랑을 나눌까 하얀 배반을 모의할까 아마 달그락거리는 것이 아니라면

순진한 손짓으로 누구를 기다리기만 할지도 모르고

(……)

붉은 사과의 소망은 어쩌면 저 너머의 붉지 않은 것

－「정물화」 부분

대낮의 횡단보도에 아지랑이가 피었다 맹학교에서 나온
여자애가 엄마 손을 잡고 서서 동요를 불렀다 따스한 계절
에 잘 어울리는 멜로디였다 빨간 신호등이 초록 신호등으로
바뀔 때까지 나는 착한 사람들에 대해 생각했다 아마도 그
어린아이가 너무 착해서 하늘이 세상을 못 보게 하는 것이
라고 짐작해보았다 여자애는 차도를 건너면서도 노래를 멈
추지 않았다 아이가 흔드는 대로 엄마의 팔이 함께 율동했
다 단 한 사람의 관객이었던 나는 엄마의 걱정은 떠올리지
않으려 했다

－「소묘(素描)」 전문

인용한 두 편의 시는 「정물화」, 「소묘」라는 그 제목에서
도 확인할 수 있듯이 사물이나 정황을 묘사하는 회화적
전략이 선행하는 시편이다. 그런데 두 편 모두 묘사되고
있는 표면직 징황보다 그 내부에 가라앉아 있는 삶의 절실
함이 묘파되고 있어 흥미롭게 읽힌다. 가령 「정물화」에서

"붉은 사과"의 껍질 속은 붉은 색이 아니다. 우리는 그 속이 붉지 않고 하얗다는 것쯤은 다 알고 있다. 그런데 화자는 "파란 꿈을 꿀까 노란 사랑을 나눌까 하얀 배반을 모의할까" 등 다양한 물음들을 유발시키는 은폐된 장소감을 가지고 있다고, "붉은 사과"를 사유한다. 사과의 색채에 관해 답이 빤한 의심을 하고 있는 셈이다. 하지만 관찰자의 입장이 아닌 사과의 입장을 생각해보자. 겉이 붉은 사과는 저 스스로 붉은 껍질을 원했을까. 그렇게 자신을 완성했을까. 혹여 겉이 붉고 속이 파랗거나 노랗기를 원하지는 않았을까. 그러니까 사과는 스스로의 색을 결정하지 못한다. 이미 결정된 상태에서 자라나고, 인지된 대로 소비된다. 상식적으로는 다른 색감을 가질 수 없는 물상인 것이다. 다시 말해 "붉은 사과"의 그 겉과 속이 붉고 희다고 그냥 내버려두는 것이 아니라, 왜 붉고 왜 흰 것인지, 그 생리 안에서 사과의 입장은 고려된 것인지, 다시 한 번 화자는 질문을 수행하고 있다. 조항록은 사과라는 단순한 물상을 여러 가능성이 교차하는 존재로 형상화시키며, 존재 자체에 대한 물음을 던지고 있는 셈이다.

스스로는 움직이지 못하는 물상을 그려낸 것이 정물화다. 그러나 정물화는 이미 그림 밖에서 의도된 구도를 만든 화가의 손이 작용된 예술품이라 할 수 있다. 어쩌면 우리의 삶도 정해진 법칙과 배열에 의해 새로운 가능성이라는 것은 이미 퇴조된 채, 적당하고 문제없는 배치로 다 결정되어 있는지도 모른다. 그러니 "붉은 사과의 소망은 어쩌면 저 너머의 붉지 않은 것"이라는 진술은 정물화 이면에서 제 마음대로 사물을 옮기던 화가의 억압적 손을 겨냥하는 동시에, 우리를 지배하는 사회, 이념, 종교, 통속 등 우리가 살고 있는 시스템 자체를 겨냥하는 '부정의 정신'이 내재되어 있다. 「정물화」에서 사과의 색감은 하얗지 않아야만, "저 너머"의 전망과 미래적 비전이 내장될 수 있다. 그러므로 조항록은 "배반을 모의할" 사과의 역설을 기대하고 있는 것이다.

「소묘」에서도 마찬가지다. 맹학교를 다니는 아이는 누구의 의도로 장애를 얻게 되었는가. 어느 누구에게도 볼 수 있는 권리를 앗아갈 권한은 없다. "그 어린아이가 너무 착해서 하늘이 세상을 못 보게 하는 것이라고 짐작해"본들, 그것만으로는 신("하늘")을 이해할 수가 없는 노릇이다. 게다가 시적 정황으로 제시된 횡단보도 앞은 눈이 보이지 않는 아이에게는 매우 위험한 장소임에 틀림없다. "엄마 손을 잡고 서" 있다고는 하지만, 보도와 차도 안팎으로 팔을 흔들면서 동요를 부르고 있는 아이의 모습은 읽는 이로 하여금 불안감을 느끼게 하기에 충분하다. 그런데 시적 화자는 그 모습을 "아지랑이가 피"어오르는 아련한 봄날에 "따스한 계절에 잘 어울리는 멜로디"로 묘사하면서, 유발되고 있는 불안을 애써 아름답게 수식한다. 맹인에게 안정과 위험, 삶과 죽음을 나누는 경계선이라 할 수 있는 횡단보도 앞에서 이 모든 것은 묵인한 채 말이다.

건널목을 건너면서까지 동요를 그치지 않는 그 여자아이를 주시하면서, 「소묘」의 말미는 "나는 엄마의 걱정은 떠올리지 않으려 했다"라는 진술로 종결된다. 즉 슬픔이나 안타까움과 같은 정서적 판단은 물론이고 엄마와 맹인 여자아이가 가지고 있는 그 내면적 사연까지도 모두 읽지 않겠다는 것이다. 즉 "빨간 신호등이 초록 신호등으로 바"뀌는 규칙에 따라 사유하고 살아가는 사람들에게 맹인 아이의 동요 한 자락이 질서를 깨고 있는 형국이다. 어쩌면 아름다움이란 그런 것이 아닐까. 세계를 정지시키고 가장 인간적인 사유를 하는 순간은 눈에 보이는 규칙이나 논리가 아니라 눈에 보이지 않는 멜로디가 가진 삶의 율동성 같은 것일지도 모른다. 그러므로 모든 고난의 상황을 천천히 지워내는 '멜로디의 역설'은 안 보이는 세계를 오히려 더 자세히 보게 만드는 원동력이 되고 있다. 삶에 대한 무수한 걱정과 역경보다 우리를 잠시 잠깐 흔드는 이런 종류의 미감이 어쩌면 우리를 진정 파국에서 구원할지도 모른다는 생각. 그것이 단순히 착각이고 환각일지라도 그 착각을 믿어보고 싶은 마음. 그런 동력이 조항록의 시 세계를 지탱한다. "구원은 아니었으나 참 갸륵한 결말"(「굴레방다리」)을 믿어보게 되면서 말이다.

때문에 조항록은 세계의 겉을 에돌아 나가는 '관찰자'에서, 세계를 쪼개고 이탈하며 파국을 온몸으로 겪는 '횡단자'로 더 가혹하게 자신을 내몰아간다. 마치 고행의 수행처럼 말이다. 특히 이런 시적 태도는 '꽃'을 경유하거나 사유하는 구문들에서도 자주 반복되는데, 가령 다음과 같은 구절들이 그렇다. "가만히 팔짱을 끼고 바라보아야 꽃은 핀다."(「수수방관」), "느리게 느리게 뼈아프기로 해 사무치는 햇살의 조각들이 꽃의 줄기를 세운다고 믿는 까닭"(「꽃놀이」), "가시를 위문하려고 꽃이 핀다"(「반문」), "파문(波紋)이 인 자리마다 꽃으로 아물 것이다 잠깐 어여쁘다가 시들어버리는 봄볕"(「산문」), "나의 몽유도원도에 결백한 꽃들"(「구운몽」), "계절과 계절 사이에 간절기가 없다면 식물은 어떻게 꽃을 잃은 슬픔을 달랠까"(「거리」)와 같은 구절들을 곱씹어 읽어보자. 조항록이 이토록 꽃이라는 대상에 예민한 촉수를 가지고 있는 이유는 무엇일까. 그가 형상화한 꽃들은 표면적 아름다움보다는 그 아름다움을 지탱하고 있는 내연의 국면들이 보다 선명하게 드러나고 있다. 그에게 꽃은 가만히 바라보아야 그 존재를 드러내는 기다림의 기표인 동시에, 천상의 햇빛이 지상으로 각인된 흔적들이다. 그 흔적의 내력을 들여다보면, 뼈아프게 사무치거나 아픈 곳이 아문 것과 같은 흉터들로 낭자하다. 그런 자기 상처에도 불구하고, 모든 꽃은 같은 몸에서 가시로 자란 더 아픈 부분을 위문한다든가, 종국에는 지고야 말 슬픔을 안고 있으면서도 스스로를 지탱하는 아름다움에 견고해질 수 있는 태도를 지닌다. 다시 말해 '아름다움'으로 꽃을 인지하고 있는 것이 아니라 피고 지며 자연의 섭리를 약동시키는 '재생의 힘'이 꽃의 내부에 자리 잡고 있다. 그러니 시인에게 "꽃이 각별한 까닭은 네가 더는 꽃이 아니기 때문"(「꽃놀이」)이다.

그러니까 세계의 어떤 존재들도 멈춰서 가만히 들여다보면, "처음 가는 오래된 길"(「시간주」)처럼 저마다의 깊이로, 저마다의 삶의 양식으로 세상을 가치 있게 점유하고 있다는 것에 대한 발견. 그 발견을 위해 끊임없이 시인은 "저 너머"를 횡단하고 있는 것이다.


## 멀쩡해지기 위한 응달의 기술

이쯤 되고 나니, 조항록의 시적 화자는 안타까워 보이기까지 한다. 빛이 들지 않는 세계에서 이탈되지 않기 위해 매일 '밀실'을 만들고, 제 모든 것을 다 허용하는 사랑이 아니라면 사랑하지 않겠다는 의지 때문에 끝끝내 사랑을 놓치고 마음에 파문밖에 남지 않은 자. 그런 와중에도 세상을 연민하는 마음이 가볍지 않아, 저가 사랑했던 모든 존재들이 자신을 전복시킬 수 있음에도 철저히 '기록자'가 아닌 '체험자'가 되고 싶다는 시적 의지를 보인 자가, 그가 아닌가. "소박한 기적"(「유신론자」)에 취해, "드라이플라워가 되어버린 혓바닥"(「자코메티 풍」)으로라도 이런 '기형적 자아'를 끝내 고수하겠다는 조항록의 시적 지향을 곱씹어 생각해본다. 혹여 자신을 더 가혹하게 재단할까 안타깝고 안쓰럽지만, 그럼에도 불구하고 그의 핍진함을 여전히 지지할 수 있는 이유는 조항록에게는 '응달의 세계'를 통시하는 힘이 있기 때문이다.

응달에 말리세요, 라는 글귀에 눈이 간다. 어릴 적 찰흙을 빚었을 때 응달에서 말리렴, 하고 선생님이 가르쳤다. 살그머니, 있는 듯 없는 듯, 산들산들 바람 통하는 곳에 머물러야 몸이 상하지 않는다는 말씀이다. 직사광선을 피해야 가문 땅바닥같이 영혼이 쩍쩍 갈라지지 않는다는 충고이다. 사진 촬영을 하면서도 태양에 맞서지 말아야 하는 것이 상식, 역광이 지키고 싶은 현실을 하얗게 태워버릴지 모르기 때문이다. 모름지기 일상에 젖은 구두는 응달에서 말려야 하고 시래기를 만들 적에도 무청을 응달에 걸어두어야 녹색을 듬뿍 유지해 입맛을 당기는 법이다. 은은히, 뭉근하게, 들릴 듯 말 듯, 어슴푸레한 것이 응달의 기술. 뭐, 일부러 직사광선에 미래를 널어놓거나 역광으로 인생을 찍어내는 것이 일종의 취향일 수 있겠지만.

                                         -「응달의 기술」 전문

누구에게나 "살그머니, 있는 듯 없는 듯, 산들산들 바람 통하는 곳에 머물러야 몸이 상하지 않는다"고 가르쳐온 세상일 것이다. 어떤 때는 그렇게 "영혼이 쩍쩍 갈라지지 않는다는 충고"를 기다리는 사람이 되고도 싶었을 것이다. "모름지기 일상에 젖은 구두는 응달에서 말려야" 한다는 교조적인 가르침이 우리가 우리를 보존하고, 누군가가 누군가를 해하지 않도록 했던 평균치의 윤리였다. 그러나 세상은 이런 평균으로 돌아가지 않는다는 것쯤은 이미 알고 있다. 이 평균이 가능해지려면 사실 누군가는 피해자여야 하고, 누군가는 참아야 하며, 또 누군가는 아파야 한다. 때때로 경우에 따라 "직사광선에 미래를 널어놓거나" 억지로라도 대항하고 저항하는 '역광의 인생'도 있어야 한다.

우리는 멀쩡해지기 위해서 '응답의 기술'을 배우지만 그러한 응답의 논리에 모두 동의하거나 지지할 수는 없다. 그럼에도 천천히, 천천히 말라가야 한다면, 그렇게 마르고 소진되어야 한다면 우리 모두 다치지 말라는 것. 아무도 아프지는 말라는 것. 그런 따뜻한 마음이 조항록의 시 세계에는 기저로 깔려 있다. 그러므로 멀쩡해지기 위한 응답의 기술은 밤고양이에게 "아프다며 울지 마라"라는 다그침이 아니라 더 울라고, 그 울음의 내용을 듣겠다는 이해심일 수 있다. 이 세계는 기형이 아니고는 이미 멀쩡해지기 힘들기 때문이다. 이렇게 '아름다운 기형'이라면 조항록의 시를 오래 두고 읽어볼 만하지 않은가. 그리고 끝내 그는 이렇게 말한다. 자신의 투지가 "아름답게 항복하는 날이 올지 모르겠"(「나의 투지」)다고 말이다.

시인수첩 시인선 021

눈 한번 감았다 뜰까

ⓒ 조항록, 2019

초판 1쇄 인쇄  2019년 2월 14일
초판 1쇄 발행  2019년 2월 28일

지은이 | 조항록
발행인 | 강봉자·김은경

펴낸곳 | (주)문학수첩
주  소 | 경기도 파주시 문발로 214-12(문발동 511-2) 출판문화단지
전  화 | 031-955-4445(대표번호), 4500(편집부)
팩  스 | 031-955-4455
등  록 | 1991년 11월 27일 제16-482호

홈페이지 | www.moonhak.co.kr
블로그 | blog.naver.com/moonhak91
이메일 | moonhak@moonhak.co.kr

ISBN 978-89-8392-736-1  03810

「이 도서의 국립중앙도서관 출판예정도서목록(CIP)은 서지정보유통지원시스템
홈페이지(http://seoji.nl.go.kr)와 국가자료공동목록시스템(http://www.nl.go.kr/
kolisnet)에서 이용하실 수 있습니다.(CIP제어번호: CIP2019003042)」

* 파본은 구매처에서 바꾸어 드립니다.

* 이 책은 서울문화재단 '2018년 창작집 발간 지원 사업'에 선정되었습니다.